1.000 razones para ~~no~~ enamorarse

YA Spanish Ullric
Ullrich, Hortense
1,000 razones para no
enamorarse /
$12.50   ocn179811841

Hortense Ullrich

1.000 razones para ~~no~~ enamorarse

Traducción de Ursula Barta

EDICIONES B
GRUPO ZETA

Barcelona • Bogotá • Buenos Aires • Caracas • Madrid • México D. F.
Montevideo • Quito • Santiago de Chile

Título original: *1000 Gründe sich nicht zu verlieben*
Traducción: Ursula Barta
1.ª edición: junio, 2007
Publicado originalmente en 2005 en Alemania por Rowohlt Verlag GmbH
© 2003, Rowohlt Verlag GmbH
© 2007, Ediciones B, S. A.,
 en español para todo el mundo
 Bailén, 84 - 08009 Barcelona (España)
 www.edicionesb.com
 www.edicionesb.com.mx

ISBN: 978-84-666-3110-5
Impreso por Quebecor World.

Todos los derechos reservados. Bajo las sanciones establecidas
en las leyes, queda rigurosamente prohibida, sin autorización
escrita de los titulares del *copyright*, la reproducción total o parcial
de esta obra por cualquier medio o procedimiento, comprendidos
la reprografía y el tratamiento informático, así como la distribución
de ejemplares mediante alquiler o préstamo públicos.

*Para Leandra y Allyssa
y Paco y Lucky
y, naturalmente, para Michael*

Índice

Capítulo uno, en el que Sanny decide enamorarse 13

Capítulo dos, en el que Konny está hecho polvo 20

Capítulo tres, en el que un monstruo ataca a Sanny 28

Capítulo cuatro, en el que Konny y su padre tienen una conversación seria 34

Capítulo cinco, en el que Sanny tiene un encuentro tormentoso con Rob 40

Capítulo seis, en el que Konny recibe calabazas de Kim 51

Capítulo siete, en el que Sanny practica el enamoramiento 59

Capítulo ocho, en el que le entregan un cubo a Konny 67

Capítulo nueve, en el que Sanny tiene una cita con Rob 78

Capítulo diez, en el que Konny en realidad debería estar en el instituto 83

Capítulo once, en el que Sanny no reconocerá a su hermano 93

Capítulo doce, en el que Konny le confiesa a Kim que está enamorado de ella 98

Capítulo trece, en el que Sanny recibe clases particulares 108

Capítulo catorce, en el que Konny no habla con Kim 117

Capítulo quince, en el que Sanny descubre que su padre le está destrozando la vida 124

Capítulo dieciséis, en el que Konny contrata una asistenta secreta 130

Capítulo diecisiete, en el que Sanny y su madre tienen una conversación seria 139

Capítulo dieciocho, en el que Konny tiene otra oportunidad con Kim 145

Capítulo diecinueve, en el que Sanny intenta engatusar a Rob con un plátano 150

Capítulo veinte, en el que Konny da su primer beso 159

Capítulo veintiuno, en el que Sanny debe cortar con Kim 168

Capítulo veintidós, en el que Konny se pasa el recreo en los lavabos 174

Capítulo veintitrés, en el que *Pixi* y *Dixi* sorprenden
   a Sanny 186

Capítulo veinticuatro, en el que Konny cae en desgracia
   con Kim 192

Capítulo veinticinco, en el que Sanny busca a un
   perro pero encuentra otra cosa 197

Capítulo uno, en el que Sanny decide enamorarse

—Hombre, ¿y qué pasa si no le caes bien? —me advirtió Liz.

La miré sorprendida.

—¡¿A quién le importa?! ¡Ahora sólo se trata de enamorarse! No podemos entretenernos con minucias.

—Para serte sincera, Sanny, sigo sin entender por qué no te enamoras.

Entorné los ojos.

—Vaya, Liz, ya te lo he dicho mil veces: ¡es por mi hermano!

No cabía duda de que mis fracasos amorosos eran por culpa de un hermano de mi misma edad. Un hermano gemelo. Un hermano gemelo pesado y panoli. Quien se pasa toda la infancia junto a un tío como mi hermano Konstantin, pierde por completo la fe en el mundo masculino y en el amor.

Tengo trece años y, de momento, nunca he estado enamorada. La culpa de eso sólo puede ser suya. Desde hace tres años, mis compañeras de curso están siempre enamoradas.

Konny también está permanentemente enamorado. Se enamora constantemente de todo lo que se mueve, tiene melena y no consigue ponerse a salvo a tiempo. Una vez persiguió durante dos días a un chico de pelo largo, pero lo cierto es que la metedura de pata no lo descolocó en absoluto.

«Ejem... Por detrás se le veía muy mono.» Eso fue lo único que dijo cuando le señalé su error.

Dejé escapar un suspiro.

Liz me miraba desconcertada.

—¿Estás segura de que ha llegado el momento?

—¡Segurísima! —afirmé con la cabeza—. ¡Tengo la edad adecuada y quiero saber de qué va eso de una vez!

—Vale —dijo Liz—, entonces sigamos.

Y volvió a inclinarse sobre nuestra foto del insti.

—¿Qué tal éste? —pregunté señalando a un chaval de cuarto de ESO. Parecía muy majo.

—¡Sanny! Es demasiado mayor para ti.

—No importa; no quiero casarme con él. Lo único que quiero es enamorarme.

—Pero no puedes enamorarte de alguien sólo por una foto.

—¿Y tú cómo lo sabes?

—Porque tampoco te funcionó con las estrellas de cine. Cualquier principiante se enamora primero de una estrella de cine. O de un cantante. Menos tú.

—Pero eso pasa sólo porque no hay oportunidad de conocer a la posible víctima. Venga, vamos a repasar a todos los chicos del instituto —decidí con tono enérgico—. Elegiré a uno y mañana lo buscaremos en el patio y me enamoraré de él.

—De acuerdo. Pero entonces deja que escojamos a uno de tercero de ESO.

Acepté. Además había uno que era bastante guapo. Aunque esto era lo de menos, ya que sólo se trataba de un experimento.

Señalé con el dedo al chico de la foto. Liz lo contempló unos segundos y dijo:

—¡Bien escogido! ¡Las chicas van locas detrás de él!

—Perfecto, entonces ya no será tan difícil enamorarse de él.

Liz asintió con un gesto.

—¡Si puedes conseguirlo con alguien, ha de ser con él! —Meditó brevemente y añadió—: Y si no lo consigues con él, ya puedes tirar la toalla para siempre.

—Vale, de acuerdo. ¡Éste o ninguno! ¿Sabes cómo se llama?

—Rob.

—Qué nombre más guay. Para empezar una relación lo del nombre es un detalle muy importante. Imagínate que me toca decir: «Klaus-Dieter viene a recogerme a mediodía.» O: «Karl-Friedrich y yo nos vamos hoy al cine.»

Liz rió.

—Bueno, de hecho se llama Robert, pero todos le llaman Rob. ¿A que suena mejor?

—Desde luego —convine.

Liz cerró el anuario del instituto.

—¡Ojalá funcione!

—No faltaba más, no te preocupes —la tranquilicé.

—¿Konny está en su habitación? —preguntó de repente. La respuesta, sin embargo, era obvia, porque en la habitación contigua la música retumbaba de tal forma que el papel pintado de la pared de mi habitación se abombaba siguiendo el ritmo.

—Sí —afirmé con la cabeza, y entorné los ojos.

—Bien. Es que aún tiene mis apuntes de mates. Quiero que me los devuelva.

—¿Y qué hace él con tus apuntes?

—Me dijo que tenía que consultar una cosa —contestó Liz, haciendo un gesto vago con la mano.

Liz estaba a punto de levantarse cuando la puerta de mi habitación se abrió de golpe.

—Eh, empollona —gritó Konny—. ¿Por qué no me explicas...? —Al ver a Liz, se interrumpió—. ¡Liz! —exclamó y enseguida puso su cara de James Bond. Era su nuevo truco—. ¡La más bella de todas las mujeres! ¡Pero qué deleite para mis ojos!

Hice el gesto típico de cuando me entran ganas de vomitar. Pero Konny no se alteró.

—De hecho, quería preguntarle a mi hermana, la enteradilla, una cosa de mates. Pero cuando te veo a ti, me olvido de cualquier problema de cálculo. ¿Te vienes a mi habitación? —dijo, coqueteando con Liz.

—Ahora mismo me disponía a ir para allá —respondió Liz, escueta—. Es que yo también tengo un pequeño problema de cálculo...

—Adelante, pregúntame cuanto quieras y a la hora que quieras —exclamó Konny con una sonrisa radiante.

—¡Claro, mi hermano y las matemáticas: dos galaxias desconocidas salen al encuentro! —espeté.

Konny pasó de mí, levantó a Liz de la silla y la miró fijamente a los ojos. Liz negó con la cabeza.

—Konny, sólo quiero que me devuelvas mis apuntes.

—Tus deseos son órdenes para mí —replicó él sin inmutarse.

Pero Liz no se rendía:

—¡Mis apuntes!

—Tus ojos brillan como las estrellas en una noche estrellada.

A Konny no había quien le parase. Liz, bastante harta del tema, se apartó de él y se encaminó hacia la puerta:

—Entonces voy a cogerlos yo misma.

Konny la siguió raudo.

—Tienes razón. Vamos. Sanny no soporta ver tanta felicidad y armonía. Le salen granos.

—¡Fuera! —exclamé lanzándole un cojín a la cabeza.

Liz puso los ojos en blanco.

—Es insoportable, de verdad.

Mi hermano no le interesaba en absoluto, pero él hizo caso omiso con aire de perdonavidas.

Cuando los dos hubieron salido de mi habitación, juré para mis adentros que jamás en la vida me comportaría como Konny, aunque estuviese enamorada. Llevaría el tema sin perder la cabeza y con dignidad.

Reflexioné. ¿Lograría alguna vez enamorarme de verdad? ¿Había elegido al chico adecuado para mis planes?

La respuesta no podía esperar hasta el día siguiente. *Pixi* y *Dixi*, mis peces oráculo, tenían que ayudarme.

Hacía muchos años que tenía a *Pixi* y *Dixi*, y nuestro método de adivinación seguía un sistema ingenioso: yo les formulaba una pregunta y al mismo tiempo les daba de comer. Si comían, significaba «sí»; pero si no hacían caso a la comida, quería decir un «no» rotundo.

El «método de alimentación sí y no» era la

forma más sencilla de profecía. Además terminaba en un santiamén. La desventaja era que sólo había dos respuestas: sí o no.

Cuando se trataba de situaciones más complejas, era preciso aplicar el «método de objeto». Para ello metía en el acuario un objeto que representaba el asunto en cuestión. Entonces tenía que esperar a ver qué pasaba. Y esto podía durar mucho rato. Por lo tanto, este método no era el más adecuado en caso de urgencia.

Fui al acuario, cogí un poco de comida para peces y lo eché en la pecera. La pregunta decisiva fue: «¿He elegido bien optando por Rob?»

Pero no había ni rastro de *Pixi* y *Dixi*. Di unos golpecitos con los nudillos en el cristal.

—¡Eh, dormilones! —exclamé—. ¡Que os he hecho una pregunta!

Pixi y *Dixi*, del susto, salieron a la superficie.

—Eh, ¿qué os pasa? ¡Aquí tenéis comida! —Metí el dedo en el agua y la removí un poco.

Pixi y *Dixi* volvieron a desaparecer. Probablemente, no era un buen momento para consultarles. Ya lo intentaría de nuevo más tarde.

Capítulo dos, en el que **Konny** está hecho polvo

Justamente cuando quería desaparecer con Liz en mi habitación, mi madre subió las escaleras.

—¿Has hecho los deberes, Konny? —preguntó marchando al paso de la oca hacia nosotros.

—Estoy en ello —contesté.

Mi madre se detuvo y nos miró de arriba abajo, primero a mí, luego a Liz.

—Liz me ayuda en matemáticas —le dije intentando aclarar la situación.

Mi madre frunció el ceño.

—Liz tiene un suspenso en matemáticas.

—Ah, sí, es verdad; yo la ayudo a ella —rectifiqué sin pérdida de tiempo.

Mi madre rió.

—Qué bien. Pero tú también tienes un suspenso. ¡¿Dos ciegos que se ayudan a ver?!

—Le dejé mis apuntes a Konny y quiero que me los devuelva —dijo Liz escuetamente.

Vaya manera de abreviar.

—Konny, devuélvele los apuntes a Liz y ven; quiero que hagas algo —ordenó mi madre.

Intenté oponer resistencia.

—Vaya, ¿y cuándo estudiaré matemáticas?

Mi madre esbozó una sonrisa.

—¡Como si te sirviera de algo!

—¿Qué quieres decir? ¿Acaso no confías en una parte de tus propias entrañas?

—Pues no, hace demasiado tiempo que te conozco. De todas maneras, no aprenderás nada, intentarás copiar de nuevo, suspenderás otra vez y en las notas finales lo compensarás con un excelente en alemán. Venga, vamos —ordenó mi madre dirigiéndose hacia las escaleras.

Fui a buscar los apuntes de Liz, se los di y, moviendo la cabeza en señal de desaprobación, seguí a mi madre.

—¡Me parece que tu concepto pedagógico no es muy adecuado, la verdad! —le recriminé.

—Tranquilo, no te preocupes. Lo tengo todo bajo control.

Me di por vencido y, desganado, bajé tras ella las escaleras. Entró en la sala de estar. En el sofá estaba Konny. Konny número dos, mi hermano pequeño. No es que a mis padres no se les ocurriera un nombre distinto. De hecho, mi hermano se llama Kornelius.

Pero es que a mi padre, un «Kornblum» de nacimiento, le chifla la letra «K». Basta con saber los nombres que nos pusieron para darse cuenta de ello: ¡Kassandra! ¡Konstantin! ¡Kornelius! Nuestro padre se llama Konrad, nuestra madre, Susanne. Ella no sabía que iba a casarse con un Kornblum al que le chifla la letra «K». Además, lucha en secreto contra esa obsesión de papá con la «K». Porque fue ella quien empezó a llamar Sanny a Kassandra. Y cuando mi padre protestó diciendo: «No la llames Sanny. Suena como si no perteneciera a nuestra familia», mi madre le soltó: «Pero ¿qué dices? Mi nombre tampoco empieza por "K". ¡¿Acaso tienes un problema con que yo me llame Susanne?!»

Mi padre, sorprendido, se estremeció y desde entonces Kassandra se llama Sanny. Cuando nació nuestro hermano pequeño y le pusieron el nombre de Kornelius, mi padre volvió a estar en paz con el mundo.

Ahora, Kornelius tiene cinco años y, tras poner mucho empeño, ha conseguido que todos le llamen Konny, como a mí. Le entiendo, porque lo cierto es que le sirvo de gran ejemplo. Así que desde hace un tiempo en nuestra familia hay un Konny «grande» y uno «pequeño».

—Tengo que hacer la compra —dijo mi madre señalando con la cabeza a mi hermano pequeño—. He conseguido capturarlo de nuevo y no me apetece tener que andar buscándole por todas partes otra vez. Así que te quedarás con él. Podéis jugar. ¡Entretenle con algo!

—Ningún problema —dije enseguida.

Es que es muy importante no contradecir nunca a mi madre. No lo soporta. Es mucho más fácil primero decir que sí y luego hacer lo que te dé la gana.

—Pero no pienses que puedes largarte en cuanto yo haya salido por la puerta —me advirtió.

¿Cómo consigue descubrirme siempre el juego tan rápido?

—Cuando vuelva quiero encontrarme a Konny en el mismo sitio. ¡¿Entendido?!

—¡Claro que sí! —afirmé con la cabeza.

Mi madre respiró hondo. No tuvo otra alternativa.

Seguro que todo hubiera salido bien si, tres minutos más tarde, no hubiera venido Kai. A mi padre, Kai le cae bien. Aunque creo que debe de ser porque su nombre también comienza por «K». Según mi madre, Kai es aún más caótico que yo.

De repente, Kai apareció delante de nuestra puerta con un perro. Un perro bastante grande. Un mezcla de bobtail y golden retriever. Tenía el aspecto de una escobilla de retrete gigantesca con cuatro patas.

—Te he traído un perro —me dijo Kai a modo de saludo.

—¡Fantástico! —contesté yo—. Otros se limitan a traerte una mísera tableta de chocolate.

Acaricié al perro, y el animal se puso contento, me saltó encima y me derribó. Yo yacía en el suelo panza arriba, y el chucho no dejaba de lamerme la cara.

—Ya veo que os entendéis. Bueno, entonces hasta luego —dijo Kai, se dio la vuelta y se marchó.

—Eh, ¡espera! ¡Espera un momento! —grité.

Me quité el perro de encima, me levanté de golpe y, tirando a Kai de la manga, pregunté:

—Pero ¿esto qué es?

—¿El qué?

—¡Pues lo del perro!

—¿Qué quieres que sea? Es un regalo para ti.

—Gracias, pero quizá convendría que me explicases alguna cosita más. ¿De quién es?

—¡Tuyo!

Así no llegábamos a ninguna parte. Kai era más bien de naturaleza simple.

—¿Y de quién era hace dos minutos?

—Mío.

—¿Qué? ¿Desde cuándo tienes perro?

Kai miró el reloj.

—Desde hace exactamente una hora y media.

Con Kai había que tener paciencia y hacer las preguntas apropiadas.

—De acuerdo. ¿Y de dónde lo has sacado?

—Del centro de acogida de animales.

—¿Y por qué ahora lo tengo yo?

—A mi madre no le gustan los perros.

—¿Por qué no lo aclaraste antes de sacarlo del centro de acogida de animales?

—Quería probarlo. Le pregunté, ella dijo que no, pero pensé que cambiaría de opinión al ver a *Frankenstein*.

—¿*Frankenstein*?

—Sí, ¿no te parece un nombre guay para un perro? Se me ocurrió a mí solito.

A decir verdad, con ese nombre no tenía ninguna posibilidad de formar parte de nuestra familia de letra «K».

—Le llamaré *Karl*.

—Como quieras —dijo Kai, generoso.

—¿Y los del centro te lo dieron así, sin más?

—Sólo para probar. Mañana tengo que decirles si nos lo quedamos. Te podrías encargar tú. Aquí está la dirección —dijo Kai entregándome un papelito.

—Oye, ¿por qué no entras un rato?

Pero Kai negó con la cabeza y dijo:

—Dentro de diez minutos tengo que estar en casa. Mi madre se ha puesto como una fiera. Tengo arresto domiciliario para el resto del día. Sólo me dio permiso para devolver el perro al centro de acogida.

—¿Y por qué me lo traes a mí?

—Vives más cerca. No tenía ganas de recorrer otra vez todo ese camino.

Saltaba a la vista. Kai se marchó.

Con lo que ahora teníamos un perro. Seguro que con un perro era superfácil conocer a chicas. Iría a comprobarlo enseguida. Cogí a *Karl* y me marché.

Cuando estaba en el portal del jardín, me acordé de Konny.

—Eh, Konny, ven un momento. Mira lo que tengo —le llamé esperanzado.

No contestaba.

—Konny, tenemos un perro.

Nada.

¡Oh, no! Ya sabía lo que había pasado. Sin embargo, volví corriendo a la sala de estar para cerciorarme. Efectivamente, el sitio de Konny estaba vacío. La puerta de la terraza estaba abierta. ¡Maldito sea!

Miré al perro.

—¿Sabes dar con la pista? —le pregunté mientras le acercaba un guante de Konny a la nariz.

Agarré la correa y arrastré al perro hacia fuera.

—Venga, vamos, ahora puedes demostrar que eres un héroe. Y así seguro que tendrás un sitio para dormir en esta casa.

La cosa no pintaba nada bien para mí.

Sólo me quedaba confiar en que el perro entendiera la gravedad de la situación.

Capítulo tres, en el que un monstruo ataca a Sanny

—¡Konstantin! ¡Kassandra! —gritaba mi madre por toda la casa. Cuando está furiosa, nos llama por el nombre completo.

Estaba abajo, en el vestíbulo, con el pequeño Konny cogido de la mano y trinaba de ira.

—¿Dónde está tu hermano?

Mi madre tenía agarrado de la mano al hermano soñador, así que concluí que preguntaba por el caótico. Bajé las escaleras.

—Ni idea. ¿Ha hecho algo malo? —pregunté.

—Efectivamente: infracción del deber de vigilancia. Tenía que cuidar de Konny mientras yo hacía la compra. Al regresar vi al pequeño subido en el manzano de los Flohmüller.

—¿Qué hacías subido en el manzano? —pregunté dirigiéndome a mi hermano pequeño.

—Mirar.

—¿Cómo? ¿Mirar? ¿Mirar qué?

—Sólo mirar. Alrededor.

—Pero también lo puedes hacer desde abajo. No hace falta que subas a un árbol.

Konny se quedó mirando a mi madre con aire interrogante.

—Sanny tiene razón. Para mirar no hace falta subir a un árbol.

Konny estaba indignado con tanta falta de comprensión:

—Claro que tengo que subir a un árbol si quiero mirar desde arriba.

Mi madre reflexionó brevemente y luego afirmó:
—Es verdad.

Entonces se agachó y cogió su cara con ambas manos.

—Konny, ¿cuántas veces te he dicho que no debes escarparte?

—No me escapo. Sólo hago mis cosas.

Mi madre movió la cabeza pacientemente.

—De acuerdo. Pero nosotros nos preocupamos si no sabemos dónde estás.

—Pero yo siempre vuelvo.

—Sí, pero nunca por tus propios pies. Siempre tenemos que buscarte. Nunca has vuelto solito a casa.

—Es que nunca he podido terminar con mis cosas. Cuando hubiese terminado habría vuelto.

Mi madre dejó escapar un suspiro y, con persistencia tenaz, volvió a explicarle al pequeño Konny que no puede marcharse de casa sin más, simplemente porque se le haya ocurrido algo.

Se levantó y le acarició la cara.

—Ven conmigo a la cocina, vamos a hacer la cena. Papá vendrá muy pronto —le dijo y, mirándome a mí, añadió—: ¿Liz aún está aquí?

—No.

—¿Me ayudas?

Antes de poder contestar, se oyó un gran estruendo procedente de la puerta de la casa. Luego oí a Konstantin soltando tacos. Mi madre aguzó los oídos y, con aire belicoso, se colocó frente a la puerta.

No quería esperar más la bronca para Konstantin, y abrí la puerta de golpe.

Habría sido mejor dejarla cerrada, porque un monstruo enorme me saltó encima y me tiró al suelo. Mi madre se puso a gritar y agarró al pequeño Konny con aire protector.

El monstruo saltó por encima de mí mientras yo soltaba un grito y, a continuación, Konny aterrizó sobre mí. El Konny grande que pesaba unos cuantos kilos más que yo.

—¡Que no cunda el pánico! Lo tengo todo bajo control —le gritó desde la vertical a mi madre.

Una vez Konny se hubo recuperado y levantado, pude ver lo que había pasado: el gran imbécil colgaba de la correa de un perro enorme. Mi madre lo había agarrado por el collar y había conseguido detenerlo.

Konny esbozó una sonrisa.

—Eh, a relajarse todo el mundo. Lo tengo todo bajo control.

¡Y un cuerno! Hui escaleras arriba y, desde la seguridad de la distancia, grité:

—¡Un perro!

—Gracias por la aclaración, Sanny. Creíamos que se trataba de un conejillo de Indias.

—¡Konstantin! —le gritó mi madre furiosa—. ¿Qué se le ha perdido por aquí a este perro?

—Pero ¿qué te crees? ¿Que a mí me divierte buscar un perro rastreador y recorrer toda la zona en busca de mi hermano pequeño?

—No era eso lo que te había pedido. No deberías haberle perdido de vista. Deberías haber evitado que se escapara para que no tuviésemos que volver a salir a buscarlo.

—¡Pero si es lo que hice! —respondió Konny por costumbre. Entonces se dio cuenta de que estaba más bien equivocado: los hechos contaban una historia diferente.

»Bueno, lo intenté —rectificó—. Pero ya sabes cómo es. Le das la espalda sólo un minuto, y ya no está.

Mi madre dejó escapar un suspiro.

—De acuerdo. Ahora no estoy para sermones. Quita el perro de en medio.

Konny vaciló durante un instante y, finalmente, con tanta naturalidad como pudo, dijo:

—El perro es nuestro.

—¿Qué? No es nuestro perro. Hace dos horas que me fui de casa y no teníamos perro.

—Las cosas suceden muy rápido. Ahora sí que tenemos uno.

—¡No! ¡Te equivocas! —exclamó mi madre.

—Yo no quiero un perro —dije yo.

—Pero yo sí —dijo mi hermano pequeño. Se acercó al animal lanudo y, abrazándolo, añadió—: Le llamaré *Puschel*.

—Pero se llama *Karl* —puntualizó Konstantin.

—¡Para, para, para! —gritó mi madre—. ¡De eso nada!

—De acuerdo —dijo Konstantin en un tono conciliador—. Mamá, si *Karl* no te gusta, puedes elegir otro nombre.

Mi madre jadeaba.

—No quiero ningún perro en casa. Ni *Karl*, ni *Puschel*. ¡Con vosotros ya tengo suficiente!

Konny puso cara de ofendido.

—Ya no sé qué pensar: me preocupo, me esfuerzo, consigo un perro para que mi hermano pequeño tenga alguien con quien jugar y ¿qué ocurre? Ingratitud, reproches...

—¡Para el carro, Konstantin! Si queremos un animal doméstico en nuestra familia, primero hay que hablarlo. No puedes traer un perro sin más y esperar que salte de alegría.

Su mirada cayó sobre el pequeño Konny, que no dejaba de acariciar y besar al perro.

—Aunque lo hayas hecho con la mejor intención del mundo —agregó.

—Pero yo sí que quiero un perro —dijo de nuevo mi hermano pequeño.

Mi madre le lanzó una mirada furiosa a Konstantin y dijo:

—Ya hablaremos más tarde.

A continuación se marchó a la cocina: afortunadamente, se había olvidado de que la tenía que ayudar, así que desaparecí rápidamente en mi habitación.

Poco después, oí acercarse el coche de mi padre. Ojalá él tuviera suficiente sentido común para poner al perro de patitas en la calle, quizás incluso junto a Konstantin.

Capítulo cuatro, en el que Konny y su padre tienen una conversación seria

Al parecer, mi madre había condenado a mi padre a que me pidiera cuentas. Pero ése no fue el problema. Como cada noche, volvió muy cansado del despacho. En esos casos ni siquiera escuchaba, sólo quería estar en paz.

Me llamó a la sala de estar, se sentó en el sofá y se quedó mirándome sin pronunciar palabra. Primero pensé que estaba de mala uva, pero luego me di cuenta de que simplemente estaba pensando con intensidad.

—¿Qué es lo que quería de ti? —murmuró.

Mi padre me cae bien y por eso le ayudé. Además, quería acabar con la conversación lo antes posible. De hecho, sólo la mantuvimos por amor a su mujer.

—Se trata del perro.

—Ah, claro —dijo, radiante—. Bueno, ¿y de dónde sacaste este perro?

—No fue nada fácil. Tuve que convencer a Kai —le expliqué—. Pero no le pagué ni un céntimo —añadí consciente de que eso le iba a gustar.

Estaba impresionado de verdad.

—Y ten en cuenta su tamaño. Para ser gratis, es mucho perro —proseguí—. Un perro pequeñísimo a veces ya vale quinientos euros o incluso más.

—Sí, pero cuanto más grande es el perro, más come —señaló mi padre.

Vaya, parecía estar más despierto de lo que había creído.

—Pero éste no —le tranquilicé—. Apenas come.

—¿Quién lo dice?

—Kai.

—Kai, ¡ese Einstein de pacotilla! ¡Ja, ja! —exclamó mi padre en tono amable moviendo la cabeza.

De acuerdo, fue un punto para mi padre. Ese argumento no era convincente.

—Pero se consigue su comida solito. Al fin y al cabo, es un perro, y en el bosque también deben de sobrevivir de alguna manera. Tú siempre te quejas de los conejos y de los topos que se meten en el jardín, pues a partir de ahora los atrapará *Karl*.

—¿Karl? —repitió mi padre.

¡Bingo!

—Por supuesto: *¡Karl!* ¿O acaso crees que aceptaría como regalo un perro cuyo nombre no comenzase por «K»?

Mi padre estaba radiante ante tanto sentido de familia.

El perro se quedaba.

Mientras tanto, mi madre ya había acostado a Konny y, tras entrar en la sala, se sentó cómodamente en el gran sillón.

—¿Y bien? ¿Le has dejado claro que el perro tiene que marcharse? —le preguntó a mi padre.

—¿*Karl*?

—Deja de llamarle *Karl* como si ya perteneciera a la familia —le regañó.

—¡Ah! ¿Y por qué no podemos tener un perro?

—¡Por la simple razón de que será demasiado trabajo para mí!

—Pero escucha, un perro tampoco es tanto trabajo. De todas formas estás todo el día en casa y sólo tienes que ocuparte del hogar y del pequeño Konny. ¡Los mayores ya no son una carga! ¡Hay muchas cosas que ya se resuelven solas!

Cobré nuevas esperanzas. Siempre que abordaban este tema, tenía buenas posibilidades de librarme pronto.

Me levanté para esfumarme lo más discretamente posible, pero antes de llegar a la puerta, le oí decir:

—Ya me gustaría a mí tener una vida como la tuya. Te la cambiaría enseguida: quedarme en casa a cuidar del hogar y de los hijos en lugar de tener que afanarme día tras día en el despacho y aguantar a empleados pesados y clientes malhumorados.

—¿Cómo dices? —resopló con ira mi madre, a punto de perder el control.

¡Ahora me cautivaba el asunto! Me detuve.

—¡Pues es verdad! —añadió mi padre—. Puedes disponer de tu tiempo con toda libertad. Si hoy no te apetece lavar o recoger, entonces lo haces mañana. Eres tu propio jefe.

—No soy mi jefe en absoluto, ¡soy la esclava de la familia!

—Avísame en cuanto quieras cambiar —dijo mi padre.

Un error. Un error megagrande.

De repente, mi madre se volvió poco a poco, se levantó, se colocó delante de mi padre y, en un tono frío y tranquilo, dijo:

—De acuerdo, como quieras, querido. Vamos a cambiar. Tú te ocupas de la casa y de los hijos, y yo voy al despacho.

Mi padre no entendía la gravedad de la situación.

—¡Como si fuera tan sencillo! Sería el primero que lo aceptaría con entusiasmo, créeme.

—¡Bueno! —dijo mi madre en un tono todavía más glacial—. Es muy fácil: a partir de mañana me voy al despacho.

Esbocé una sonrisa. No era tan descabellado como quizá podía parecer, porque mis padres tienen un estudio de arquitectura en el que mi madre ya trabajaba de vez en cuando. En las cuestiones importantes, como por ejemplo los proyectos, mi madre era tan competente como mi padre. Él hablaba con los clientes, visitaba las obras, daba instrucciones a los operarios y mantenía ocupados a la secretaria y a los delineantes. Y eso de mantener ocupada a la gente, mi madre sabía hacerlo tan bien como mi padre. Nadie mejor que yo para saberlo.

—Eh, bueno, eh... todo esto suena muy bien, pero no te creas que es tan fácil.

Al parecer, mi padre tenía un mal presentimiento.

—Deja que lo intente —insistió mi madre—. Tendrás mi vida bonita. ¡Y yo la tuya tan pesada!

Mi padre no quería tirar la toalla tan fácilmente.

—Pero ¡no podemos cambiar los papeles tan fácilmente, sin más ni más!

—¿Por qué no? Es nuestro estudio. ¡Podemos hacer lo que nos dé la gana!

—No estoy tan seguro —murmuró mi padre.

A mi madre no había quién la parara.

—Pongámoslo en manos de la suerte. Yo me ocuparé del negocio, y tú, de la casa. Y cuando estés hasta las narices de la casa y de los hijos y supliques de rodillas que quieres volver al despacho, entonces volveremos a cambiar.

—¡Puf! —soltó mi padre con las últimas fuerzas—. Suplicar de rodillas...

Entonces se desplomó.

—Bueno, ¡en tal caso, ya está decidido! —dijo mi madre en tono triunfal. Estaba de tan buen humor que daba miedo.

Le esbocé una sonrisa a mi padre.

—Ahora que vas a ser la señora Kornblum, ¿quieres que te llamemos también mamá? ¿O te gusta más mamaíta o mamita?

—¡Fuera! —gruñó mi padre.

Mi madre llevaba un rato señalándome la puerta con el dedo estirado y con cara de enfado.

—¿De verdad lo haréis? ¿Intercambiaréis los papeles?

—¡Fuera! —me bufó también mi madre.

No era buena señal.

Capítulo cinco, en el que Sanny tiene un encuentro tormentoso con Rob

¡Rob! ¡Rob! ¡Rob! ¡A la mañana siguiente me enamoraría de Rob! Ya no podía pensar en nada más.

¿Cómo se desenvolvería nuestro primer encuentro? Necesitaba información más detallada. *Pixi* y *Dixi* tenían que ayudarme. Metí mi collar del corazoncito en el agua. Ambos peces se acercaron y pasaron el uno junto al otro tan cerca del corazoncito que creí que iban a provocar un choque.

¿Qué querían decirme con eso? ¿Un primer encuentro tormentoso? ¿Amor a primera vista? ¿Un gran amor sempiterno?

Mientras estaba especulando aún, Konstantin entró con precipitación en mi habitación.

—Oye, hay buenas noticias: ¡nuestros padres van a intercambiar los papeles!

—¿Qué quieres decir?

—Papá se quedará en casa, y mamá se irá a trabajar.

—¿Y quién se ocupará de la casa?

—Pues papá.

—¡Pero si no tiene ni idea!

Konny movió la cabeza con aire radiante.

—Sí. ¡Ahí está lo bueno! ¡Será un puro caos! ¡Será la mejor época de nuestra vida!

Le miré con cara confusa. Entonces entendí, y esbocé una sonrisa.

—¡Ah, claro!

Konny movió la cabeza en señal de afirmación.

—Exacto. Sin obligaciones, sin control, sin reproches, sin más medidas educativas: ¡seremos libres!

—Estupendo. Entonces tómate la libertad de salir de mi habitación.

Todavía no había acabado el juego pregunta-respuesta con *Pixi* y *Dixi*.

Pero Konny hizo caso omiso. Su mirada cayó sobre mi espejo de pared, se pasó la mano por el pelo con autosuficiencia, forzó una sonrisa con aire imperturbable y dijo:

—Hola, mi nombre es Kornblum. Konny Kornblum.

Me atraganté.

—¿Otra vez el numerito de Bond? ¡No, por favor!

—Pero si a las mujeres les gusta.

—¡Ni pizca! Y deja ya de probar tus muecas engominadas con mis amigas.

—No estoy probando muecas, ¡estoy enamorado!

—¡¿No me digas?! ¡¿De todas mis amigas?!

—Sí. ¡¿Y qué culpa tengo yo?!

—¡Estás chiflado! Es imposible. ¡No se puede estar enamorado de media docena de chicas a la vez!

—¡¿Ah, no?! ¡Ya ha hablado la experta en asuntos amorosos! ¡Antes de andar opinando sobre el amor deberías experimentarlo aunque fuese una sola vez!

—Quizá no me apetece enamorarme.

Konny se rió.

—¡Yo también pensaría lo mismo si fuera demasiado estúpido para enamorarme!

—¡Tengo mis razones para no enamorarme!

—¿Ah, sí? Dime una.

—Te diré mil, si quieres.

Konny movió la cabeza con aire provocador.

—¡Venga, dispara!

—Razón número uno: no necesito tener tratos con un niñato como tú.

Konny esbozó una sonrisa.

—Razón número dos: no necesito escuchar majaderías como: «Tus ojos brillan como las estrellas.»

Konny se rió todavía con más ganas.

—Ya veo que no tienes razones convincentes. «Las uvas no están maduras todavía», dijo el zorro.

Entonces me puse furiosa.

—¡Las frases necias son tu fuerte! Puedo darte páginas enteras de razones en contra del amor.

—De todos modos, no podrás hacer nada contra el amor. Viene solito.

—¿Ah, sí? ¡De eso nada! —exclamé enérgicamente. Yo era el mejor ejemplo de lo contrario—. Estoy convencida de que el amor se lo han inventado los expertos publicitarios para vender sus productos.

—Pufff —hizo Konny—. ¿Qué tal una conspiración por parte del gobierno?

—Seguro que la industria cinematográfica también está en el ajo. —Me encontraba en mi elemento—. El mejor ejemplo es Papá Noel. Hay un montón de películas sobre Papá Noel, y todo el mundo sabe que en realidad ni siquiera existe. Pero, como se vende bien, seguimos aferrados a esa creencia, como si viviera.

—¿Y qué?

—¿Y qué? ¡Piensa un poco, tonto de las narices! Con el amor pasa lo mismo. Hay miles de películas sobre el amor, así que los del marketing dejan que pensemos que existe. Y tú eres el mejor ejemplo. ¡Es increíble lo crédula que es la gente! ¡Te has dejado engañar totalmente!

Konny se rió de forma estruendosa.

Estaba de mala leche.

—¿Por qué no me dices una razón por la que valga la pena enamorarse? —le pregunté.

—Hay miles de razones por las que vale la pena enamorarse —dijo Konny.

—Vale. Oye, no tengo ganas de seguir discutiendo contigo: tú haces una lista, y yo haré otra. ¡Y ya veremos entonces si hay más razones a favor o en contra!

—No hay problema, te la puedo dar dentro de un cuarto de hora. Si eso es una apuesta, vas a perder.

—Pufff... No lo dices en serio.

Antes de que Konny pudiera contestar, irrumpió mi madre en la habitación y nos dijo que nos fuéramos a la cama.

A la mañana siguiente, Liz me esperaba con impaciencia en el patio del colegio.

—¡Por fin! ¿Dónde estabas? ¡Tenemos planes!

—¿Dónde está Rob? ¿Lo has visto ya? —le pregunté excitada.

—¡Está ahí! —susurró señalando con el dedo hacia el otro lado del patio.

¡Efectivamente! Allí estaba Rob. Con otros chicos. En realidad estaba mucho más guapo. Era perfecto. Esta vez lo conseguiría. Estaba segura.

—¿Y? —preguntó Liz.

—¿Cómo que «y»?

—¿Notas una especie de cosquilleo en el estómago?

—No.

—¿Te mareas?

Reflexioné.

—Un poquito.

Liz estaba radiante.

—Muy bien. Es el primer síntoma de estar enamorada.

Moví la cabeza en señal de desaprobación.

—En absoluto. Es sólo porque esta mañana me he tomado un zumo de naranja en ayunas, y no me sienta muy bien.

—¡Lástima! ¿Te late más rápido el corazón?

—No.

—¿Te sudan las manos?

—No.

—Oh, Sanny, entonces esta vez tampoco ha funcionado —dijo Liz claramente decepcionada.

—Qué va, es que aún no he empezado con el enamoramiento.

—¿Y ahora qué haces?

Tenía los ojos clavados en Rob.

—Me fijo en todos los detalles.

—¿Y? ¿Qué pasa? —preguntó Liz.

—Nada.

Era terriblemente difícil, la verdad.

Liz respiró hondo y dijo:

—Que te enamoraras de él a primera vista era el plan A. Ahora toca el plan B.

—¿Tengo que conocerle? —pregunté.

—Exactamente.

Me lo temía.

Liz me miraba con una cara llena de expectación.

—Tienes que hacer algo para caerte.

—Ya sé, pero ¿qué hago? —pregunté.

—Lo que dijimos ayer. Te ríes con ganas, echas la cabeza hacia atrás, la sacudes enérgicamente y te apartas el cabello de la cara.

—Oh, no, no lo haré —repuse con contundencia—. Es totalmente indigno. Además, ya no está.

Miramos a nuestro alrededor.

—¡Cielos, Liz! Ya ha sonado el timbre. Ya no queda nadie en el patio. ¡Tenemos que entrar!

Corrimos a toda prisa hacia la puerta de entrada. ¡Catapum! Choqué con algo y caí al suelo. Liz tuvo suerte: lo esquivó a tiempo. ¿Acaso fue ésa la razón por la que me hizo esa señal de victoria?

—Perdón, no te vi —dijo mi contrincante accidental cogiéndome de la mano para ayudarme a levantarme del suelo.

Prácticamente había perdido el conocimiento. No veía más que unas cuantas estrellitas girando a mi alrededor y el rostro radiante de Liz.

Me levanté a duras penas y le solté al tío:

—Pero ¡¿dónde tienes los ojos?!

Liz se acercó horrorizada.

—¡No ha querido decir eso!

—¡Claro que sí! —gruñí. ¿Qué le pasaba a Liz?

El tío se volvió y salió por la puerta.

Liz movió la cabeza en señal de desaprobación.

—¡Era Rob! ¡¿Cómo has podido?! ¡Era una ocasión única! Estaba tan orgullosa de ti, de lo bien que habías maquinado el plan C...

—¿Plan C?

—¡Contacto corporal! —me regañó Liz—. Era perfecto y tú lo has estropeado todo.

¿De veras había chocado con Rob?

Dejé vagar mi mirada por el patio. Efectivamente. Allí estaba Rob recogiendo su mochila, que, al parecer, se le había olvidado. Era realmente muy mono.

¡Con que había chocado con Bob!

—¿Y notas algo? —preguntaba Liz.

Afirmé con la cabeza.

Liz esbozó una sonrisa radiante.

—Muy bien. ¿Qué?

—Un dolor muy desagradable cerca del coxis.

Liz dejó escapar un suspiro y dijo:

—Estoy hablando de un susto agradable o algo por el estilo. Alguna señal que nos demuestre que te has enamorado de él.

Negué con la cabeza.

—¡No es buena señal! —exclamó Liz pronosticando la desgracia.

—Tonterías. Todo va a las mil maravillas. El plan B ha funcionado a la perfección. Le he conocido. En cuanto haya hablado más con él, me enamoraré enseguida. Segurísimo.

Durante la clase de física reflexioné. ¿Qué pasaría si mi suposición fuera acertada y el amor no fuese más que una invención. ¿Qué pasaría si el amor realmente no existiera? Entonces, ¿por qué todo el mundo cae en la trampa?

Abrí mi cuaderno.

Sin duda alguna, era algo muy positivo que no me hubiese enamorado. Porque si ahora estuviera enamorada de Rob, no pararía de pensar en él. Ya no podría concentrarme en clase, porque no sería capaz de sacarme a Rob de la cabeza. Y, por las tardes, ya no podría hacer mis deberes, en primer lugar, porque ya no recordaría lo que se había dicho en clase y, en segundo lugar, porque Rob seguiría en mi cabeza. Mis notas empeorarían drásticamente y necesitaría clases particulares, aunque no me servirían de nada, porque tampoco podría concentrarme. Probablemente llenaría mis cuadernos con su nombre y dibujaría corazoncitos en todas partes. Ya no sería yo misma. Sufriría un cambio de personalidad y mis padres...

Como desde muy lejos y superflojito, oí que alguien me llamaba por mi nombre. Luego noté que me daban un golpecito en las costillas y oí que Liz siseaba:

—Sanny.

La miré sorprendida.

—¿Qué pasa? —pregunté.

Señalaba hacia la pizarra con la cabeza.

Nuestro profesor de física me miraba expectante y, con él, la clase entera.

—Bueno, Kassandra, puesto que vuelves a hallarte entre nosotros, ¿serías tan amable de leernos tus resultados?

—Eh... Ejem, claro —dije, algo confusa.

Al parecer, la clase había empezado sin darme cuenta. Al mirar mi cuaderno de física me llevé un buen susto: por lo menos había escrito diez veces el nombre Rob. Llevada por el pánico, hojeé el cuaderno de cabo a rabo: gracias a Dios no encontré ningún corazón.

—¿Qué pasa, Kassandra? ¿Pensando en las musarañas?

Me puse roja y murmuré compungida.

—Lo siento, no estaba prestando atención.

¡Ahora tenía por lo menos una decena de razones por las que no hay que enamorarse!

Le tocaba a otro decir la lección.

De repente había caído en la cuenta: «¡Dios mío!», pensé.

¡Claro! Allí estaba el «encuentro tormentoso» que habían pronosticado *Pixi* y *Dixi*. ¡El choque con Rob! Las señales eran correctas. *Pixi* y *Dixi* tenían razón. ¡Pufff! Rob era la persona adecuada. ¡No debía darme por vencida!

—Kassandra, ¿no te encuentras bien? —preguntó preocupado mi profesor de física.

Le miré con cara radiante y respondí:

—¡Estoy como el pez en el agua!

Capítulo seis, en el que Konny recibe calabazas de Kim

—¡James Bond, os lo digo yo! ¡Éste les cae bien!

Kai y Felix se enteraron durante el recreo de mi último secreto para tener éxito con las chicas.

Felix afirmó con la cabeza y esbozó una sonrisa.

—Claro, tú eres la prueba de ello. Con tu numerito «Bond» les arrancas a las chicas más carcajadas que nadie.

—¡Pura envidia! —refunfuñé. Felix no tenía ni idea.

—Yo estoy impresionado, Konny —me consolaba Kai—. Me parece estupendo cómo te enrollas con las chicas. Pero dime, ¿por qué algunas están de ti hasta la coronilla?

—No están hasta la coronilla, sólo se sienten inseguras porque están enamoradas.

—¿De quién?

—De mí, imbécil.

Estaba claro que Kai necesitaba recibir con urgencia clases particulares en asuntos del amor.

—Cuando estás enamorado, puedes tener un comportamiento un poco extraño. Para esconder los verdaderos sentimientos, a veces tratas con insolencia a alguien que en el fondo te gusta.

Felix se mondaba.

—¡Tú sabrás!

—¿Qué pasa? ¿Estás dudando de mi capacidad de conquistar a una chica? Nombra a una de nuestro curso y mañana mismo iré al cine con ella. O incluso hoy, si quieres.

Felix reflexionó un instante y preguntó:

—¿De nuestro curso?

Asentí.

Felix negó con la cabeza.

—Demasiado fácil. Estas pavas están casi todas a tus pies.

—Ya te lo dije —repuse yo.

Felix dejó vagar su mirada por el patio y, finalmente, dejó caerla encima de Kim.

—¿Qué tal con una del curso paralelo?

¡Mierda! ¡Kim no, por favor! ¡Todas menos Kim! Kim es muy mona. Y superdifícil.

—¡Kim! —exclamó Felix con una sonrisa maliciosa.

—¿Por qué Kim? —preguntó Kai.

—Porque le da siempre calabazas, una detrás de otra.

—Kim no me da calabazas —me apresuré a aclarar—. Lo que ocurre es que es muy tímida.

Felix hizo un gesto desafiante y exclamó:

—¡Demuéstralo!

¡Maldita sea!

Kim se acercaba directamente hacia nosotros.

¡Oh! Sonreía...

Vaya. Cuando Kim sonreía, yo tenía siempre problemas de circulación. Dios mío, estaba radiante. Ahora, sobre todo, mucha calma.

Incluso saludaba con la mano.

Mi corazón estaba dejando de latir. ¡Oh, no! Tan cerca de la meta e iba a morir antes de conseguirlo.

Intenté darle a mi brazo la orden de levantarse hacia arriba para devolver el saludo.

—¿Estás bien? —preguntó Felix apartándose un poco de mi lado.

Mi mano revoloteaba por el aire como si quisiera ahuyentar a los mosquitos.

—¿Quieres que te ayude a saludar? —preguntó Kai dispuesto a ayudar.

Mierda, mierda, mierda. Siempre estoy tranquilo, pero con Kim me comporto como un hombre de Neandertal.

Kim estaba casi delante de mí. Ahora tenía que concentrarme al máximo.

—Hola, Kim —quise murmurar con voz ronca y seductora. Pero desgraciadamente solté las dos palabras en un tono agudo y nervioso, como si tuviera hipo.

—Contén la respiración y traga trece veces —susurró Kai para ayudarme.

Carraspeé y lo intenté de nuevo.

—¡Hola, Kim!

Kim no reaccionó.

—¡Hola, Kim! —grité de nuevo—. ¿Qué tal una tarde de cine? ¿Tú y yo? ¿Los dos?

Al parecer, Kim tenía serios problemas de oído. El patio entero se había vuelto hacia mí, pero Kim pasó de largo como si yo no existiera. Me volví y vi que se arrojaba al cuello de dos chicas que había justo detrás de mí. ¡Maldita sea!

Había saludado con la mano a sus amigas. Ni siquiera me había visto.

En cambio, Sanny y Liz no habían dejado de observarme ni un solo momento y Sanny no pudo evitar esbozar una sonrisa maliciosa. Por lo menos, la pobre Liz tenía un asomo de compasión en la cara.

—¿Y has tenido éxito?

La voz de Felix me devolvió al mundo de la realidad. ¡Me sentía terriblemente mal! Había actuado de forma espantosa. ¡Al demonio! ¿Cómo pudo ocurrirme algo así? Ahora se trataba de mantener la compostura, sin perder la calma. Al fin y al cabo, me estaba jugando mi reputación.

Me volví hacia Felix y Kai y dije con acentuada desenvoltura:

—¡Sobre todo, no hay que precipitarse!

—¿Quieres que hable a tu favor con Kim? —preguntó Felix.

Me pareció que estaba sacando las cosas de quicio.

—Con Kim ya tengo otra estrategia —dije esperando haber zanjado así el tema.

—Claro que sí, la estrategia de estoy-haciendo-el-imbécil —dijo Felix sonriendo tontamente.

Al salir de clase, Kai, Felix y yo nos quedamos un rato delante del instituto abordando a las chicas. Quería subsanar a toda costa el patinazo de la mañana y lo hice con tanto empeño que, sin querer, intenté incluso ligar con mi propia hermana cuando pasó con Liz por delante.

De repente, Kim se plantó delante de mis ojos.

No la reconocí hasta que Sanny me dio una palmadita en el brazo. Ahora o nunca. Tenía que conseguir que hablara conmigo. Suspiré hondo.

—Hola, Kim —le dije con una sonrisa seductora—. ¡Sol de mis días oscuros!

Kim me miró con desprecio y me dijo:

—Ya es hora de que aprendas un par de dichos nuevos.

Me estremecí ligeramente. De acuerdo, ese numerito no valía con ella. Segundo intento.

—¿Cuándo nos vamos al cine, tú y yo?

—Cuando los cerdos vuelen, y el cielo esté helado.

Entendido. Tercer intento.

—Y si esta tarde siento unas ganas locas de verte, ¿dónde puedo encontrarte?

Los ojos de Kim se achicaron, sonrió y, de repente, contestó:

—En el parque infantil del jardín municipal.

¡Pufff! No podía creérmelo.

—¡Allí estaré! —le prometí.

Kim sonreía con dulzura.

—¡Casi no puedo aguardar! —dijo sonriéndome con dulzura.

Se dio la vuelta y se marchó. La seguí con mirada de arrobo. Tenía una cita. Con Kim. De repente, volvía a tener ese problema de circulación. Y el cuerpo entero se me paralizó totalmente.

Cuando la inmovilidad aflojó y pude volver a moverme, regresé arrastrándome hacia Kai y Felix.

—¿Lo habéis visto? —dije en tono de júbilo.

—¿El qué? —preguntó Felix.

Era increíble. Efectivamente, esos tarugos habían estado charlando y se habían perdido mi gran momento triunfal.

—¡He quedado con Kim! —dije—. ¡Acabo de hablar con ella!

—¡Cómo no! Y por las noches, ¿con qué sueñas? —dijo Felix riéndose.

Lo miré con cara de enfado. Se lo demostraría.

—Eh, ¿qué os parece si hoy por la tarde paseamos juntos al perro?

Kai estaba radiante.

—¿A *Frankenstein*?

—¡A *Karl*!

—¿Tu madre te ha castigado a sacar al perro? —preguntó Felix.

—¡Claro que no! Pero un perro es como un imán para las chicas. A todas las chicas les gustan los perros. No falla nunca —aseguré intentando tentar a Felix.

—Pero ¿hoy no queríamos ir a pescar? —preguntó Kai.

—Hoy no me apetecen las barritas de pescado.

Lo de las barritas de pescado era nuestro secreto mejor guardado. Es que Felix, Kai y yo íbamos a pescar juntos con regularidad. Y nuestro botín nos lo comíamos allí mismo después de haberlo asado a la parrilla en un fuego como Dios manda. Por lo menos, ése era nuestro plan inicial. Pero, ya la primera vez, nos dimos cuenta de que ninguno de los tres era capaz de matar a los peces que habíamos pescado, así que volvimos a lanzarlos al agua y, en su lugar, asamos unas cuantas barritas de pescado. A ninguno de nosotros le gustaba especialmente el pescado, ni tampoco las barritas, pero, al fin y al cabo, las barritas eran lo más parecido a nuestro plan original.

—Bueno, nos veremos hoy a las tres en mi casa —dije poniendo fin a la discusión.

Felix tendría que tragarse sus estúpidos comentarios tras ser testigo presencial de un encuentro con Kim.

¡Y Kim seguro que vendría!

¿O no?

Capítulo siete, en el que Sanny practica el enamoramiento

«Estar enamorado te distrae de las cosas realmente importantes en la vida. Mientras sueñas despierto, la vida transcurre sin ti.» De hecho, debería haber estado haciendo los deberes, pero la lista de las 1.000 razones por las que era mejor no enamorarse me tenía muy ocupada. Konny ni siquiera había empezado la suya. Seguro que no me costaría nada ganarle.

Si pudiera detallar además un par de molestias físicas provocadas por el enamoramiento, incluso tendría razones médicas en contra.

¡Pufff! Iba a demostrarle a mi hermano que estaba equivocado, sin ninguna duda. Las distintas razones se me iban ocurriendo a tal velocidad que casi no me daba tiempo de escribirlas.

Además, la lista me serviría para explicar por qué no me enamoraba cuando no me enamoraba. Esto, sin embargo, no significaba que abandonara. Y menos aún a Rob. De verdad, era tan mono...

—¿Ya has terminado por fin con los deberes? —me preguntó con insistencia Liz, que estaba sentada en la mesa, justo delante de mí. Había pasado por casa a verme después de clase.

—Aún no —dije escondiendo rápidamente mi cuaderno debajo de unos cuantos libros de texto. Mejor que Liz no se enterara de mi lista: con lo que se había esforzado en ayudarme para que me enamorase, sin duda se quedaría muy frustrada. Saqué mi cuaderno de física y me puse a borrar con una goma todos los Robs que había escrito al parecer en estado de enajenación mental. Por cierto, ¿había anotado en la lista que cuando está enamorado uno estropea sus propias cosas? ¿Sin darse cuenta? ¿Por pura enajenación? Lo puse con las razones médicas importantes en contra del enamoramiento. E incluso cuando sólo se piensa en el amor. Porque yo no estaba enamorada, sólo había reflexionado sobre el amor. ¿Cuán pésimamente debía de sentirse alguien que estuviera enamorado de veras?

Volví a sacar mi lista.

«El amor conduce al vandalismo», añadí. Se ve claramente en las paredes garabateadas de las casas. Daños materiales, no hay equívoco. «El amor te convierte en un criminal.»

—¿Ya has terminado? Venga, hablemos del plan C. Los deberes también puedes hacerlos más tarde —dijo Liz de modo terminante.

Había vuelto a esconder mi lista, de modo que

anoté mentalmente: «Cuando uno está enamorado ya no hace los deberes.»

Liz apartó mis cosas del instituto y se sentó en mi escritorio.

—Quizá mejor que dejemos lo de Rob; parece demasiado complicado —dijo.

—¡No! —me apresuré a gritar. No había duda de que la cosa iba por buen camino. *Pixi* y *Dixi* estaban a favor, habían pronosticado el encuentro tormentoso y yo me había jurado: o Rob o nadie—. Lo único que tengo que hacer es practicar más; ya saldrá.

Liz puso cara de duda.

—¡Rob! ¡No habrá cambios! —dije en tono enérgico.

Liz esbozó una sonrisa y preguntó:

—¿Acaso te has enamorado ya de él?

—No, creo que no. Pero tampoco lo hemos probado todo. Intentémoslo de nuevo con el plan B: ¿cómo puedo conversar con él para que se enamore de mí?

—Hay que practicar el ligue.

Me pasé toda la tarde ensayando las propuestas de Liz: inclinar la cabeza, sonreír, lanzarle miradas diversas, etc.

Liz, sentada en el suelo, se tronchaba de risa.

—¡No tienes precisamente un talento natural, Sanny!

—¡¿Cómo se te ocurre que unas poses tan ridículas puedan servir para algo?! —dije echando pestes.

—Bueno, las hacen en todas las películas. Es así cómo la heroína consigue conquistar al hombre de su vida. Mantener el orden de los gestos y de la mímica conduce sin falta a que la persona en cuestión se enamore de ti y te bese.

—¡Películas! ¡Hollywood! ¡Publicidad! —refunfuñé—. ¡Es un complot tramado a lo grande! ¡Nos están tomando el pelo a todos! Ganan un dineral por hacernos creer todo este tema del amor.

Liz movió la cabeza con gesto de desaprobación.

—¿De dónde has sacado todas estas tonterías?

—¡Oh, Liz! Es que no creo que nos lleve a ninguna parte eso de plantarme delante de él en el patio con la cabeza inclinada.

—¡Cómo que no! Sólo tienes que practicar. Tiene que parecer natural. ¿Por qué no lo pruebas con tu hermano?

—Jamás en la vida —dije indignada.

Liz me dio la razón.

—Sí, es mala idea. Entonces con uno de sus amigos.

—¿Con Kai? —pregunté en tono burlón.

Liz negó con la cabeza.

—No, sólo le darías un gran susto. Kai todavía

es demasiado ingenuo. No lo entendería. Va siempre detrás de tu hermano como un perrito y no se entera nunca de nada. Lo mejor será que practiques con Felix.

—¡¿Felix?! Le llevo media cabeza.

—Escucha: tenemos prisa, quién sabe cuándo volverás a ver a Rob, ¡no puedes ser tan exigente! —advirtió Liz—. ¡Hay que practicar!

¡Vale, entendido! Practicar, practicar, practicar. ¿Que el amor viene solito? ¡Anda ya!

Mi lista con las razones en contra del enamoramiento crecía cada vez más.

Liz se levantó de golpe.

—¿Sabes si Felix está ahora con tu hermano?

—Espero que no.

—Espero que sí. Ven, vamos a averiguarlo.

Por suerte, la habitación de Konny estaba vacía.

—Necesito algo para picar, estoy nerviosa —dije.

Bajamos a la cocina a por una bolsa de patatas fritas.

Mi madre estaba junto a la ventana, mirando al jardín con una sonrisa en los labios y aire ensimismado.

—Creo que a Konny le gusta mucho el perro. Hoy, aún no se ha escapado ni una sola vez. Quizá no ha sido tan mala idea eso de quedarnos con *Puschel*.

—¡Se llama *Karl*! —exclamó la voz enfadada de Konstantin desde la sala de estar.

Liz y yo entramos a la cocina y rebuscamos en el armario.

—¿No hay patatas fritas? —protesté.

Con aire totalmente teatral, mi madre respondió:

—¡Dios mío! ¿No hay patatas fritas? ¡Lo siento muchísimo! ¡Qué mala madre soy! Pero ¿cómo ha podido pasar?

Liz se rió para sus adentros, y yo me enfadé.

—¡Las bolsas de patatas fritas forman parte de los alimentos básicos de los adolescentes! ¿Cómo quieres que piense sin patatas?

Mi madre esbozó una sonrisa.

—¿Qué es lo que estáis maquinando ahora?

—Practicamos el enamoramiento —respondió Liz.

—¡Liz! —grité yo, enfadada.

—¿Con patatas fritas? —preguntó mi madre.

—No, pero a Sanny le resulta más fácil concentrarse cuando come patatas fritas —siguió explicándole Liz a mi madre con aire despreocupado.

—El enamoramiento no hay que practicarlo, viene solito —le aclaró mi madre a Liz.

Liz se encogió de hombros.

—En el caso de Sanny no. No puede enamorarse.

—Puede pedirle a Konny que le dé clases particulares.

—Pufff —solté yo entrometiéndome en la conversación de las dos—. Quiero tener éxito, no convertirme en el hazmerreír de todos como él.

Mi madre me miró con interés.

—¿Por qué piensas que no puedes enamorarte?

—Pues porque no funciona. En toda mi vida no he estado enamorada ni una sola vez.

—Hija, sólo tienes trece años. ¡Tómate tu tiempo!

—De acuerdo, pero incluso aceptando una espera, me pregunto: ¿por qué ningún chico se interesa por mí?

—Bueno, porque los chicos tienen los mismos problemas que las chicas. Uno no se enamora a voluntad.

La miré con cara burlona. Mi madre adivinó enseguida lo que iba a decir y se adelantó:

—Konny es un mal ejemplo. No es normal.

—¡Sólo lo dices para consolarme! —exclamé.

Mi madre afirmó con la cabeza.

—Ya me gustaría, pero no sé exactamente cómo.

Entonces sonrió y añadió:

—Sanny, no te lo tomes tan en serio. ¡Lo más probable es que aún no hayas dado con el chico adecuado!

—¡Gracias a Konny pasan un montón de chicos por casa!

—No creo que los amigos que tiene Konny sean una buena elección. ¡Tienes que conocer a otros chicos!

¡Justo lo que quería!

Saqué a Liz de la cocina y le eché la bronca:

—¿Cómo se te ha ocurrido contárselo a mi madre? ¡No me lo puedo creer!

—Pero ¿por qué? ¿Qué hay de malo en ello?

—¡¿Qué va a entender mi madre de eso?! —le solté.

—Pero si está casada.

—¡Con mi padre!

—Venga, sigamos practicando —insistió Liz.

—Vale, pero no con Felix. ¡Mejor otra vez delante del espejo!

Capítulo ocho, en el que le entregan un cubo a Konny

Cuando Kai, Felix y yo casi habíamos alcanzado la entrada del jardín, mi madre abrió de golpe la puerta de la casa.

—¡Konny! ¡No te olvides de Konny! —gritó empujando al renacuajo hacia fuera.

Maldita sea.

—Oye, ¿no podéis permitiros un nombre diferente para tu hermano pequeño? —preguntó Felix.

—¡Cállate! —refunfuñé.

Felix no paraba de burlarse. Me tenía harto, de verdad.

—Es más práctico de lo que parece —dijo ahora Kai metiendo baza—. Cuando...

—Cierra el pico, Kai —le mandé.

Konny vino corriendo y me arrebató la correa de la mano.

—A *Puschel* le llevo yo —dijo.

—¿¡*Puschel*?! —preguntaron Felix y Kai estupefactos.

—El perro se llama *Karl* —corregí.

—No, se llama *Puschel* —insistió Konny.

—Oye, lo de los nombres es vuestro fuerte, ¿verdad? —volvió a empezar Felix—. Vaya, será superguay cuando en pleno jardín municipal Konny se ponga a llamar a *Puschel*. Entonces, las chicas irán locas detrás de nosotros.

—No hace falta que le llame, está atado —puntualicé intentando calmar a Felix.

—¿Y qué dices cuando una chica te pregunta cómo se llama el perro?

—Le digo que se llama *Karl*.

—Se llama *Puschel* —dijo Konny entrometiéndose de nuevo.

Entonces vi que se avecinaba un auténtico problema.

Felix, sin embargo, tuvo una idea.

Le puso a mi hermano la mano en el hombro y dijo:

—Escúchame Konny...

—Yo también me llamo Puschel, como mi perro —se apresuró a aclarar Konny.

Felix me miró fijamente, y yo me limité a encogerme de hombros.

—Bueno, Puschel, ahora presta atención...

—¿A quién te refieres ahora? —preguntó el renacuajo—. ¿Al *Puschel* perro o al Puschel que antes se llamaba Konny?

—Me refiero a ti —dijo Felix poniendo el índice sobre el pecho de mi hermano—. Bueno, ahora nos vamos al parque...

—¿Al parque? —preguntó Kai perturbado.

—Sí —empecé a decirle para tranquilizarlo—, las niñas están ahí, matando el tiempo.

«Y también Kim», pensé, pero no lo dije.

—¿En el parque? —chilló Kai de nuevo—. En ese caso preferiría ir a pescar. No me apetece pasar la tarde buscándole una novia a tu hermano pequeño.

—¡Serás tonto! Allí están las niñas de nuestra edad.

—¿En serio? —dijo Kai con cara de asombro.

—Bueno, entonces, cuando estemos en el parque —continuó diciéndole Felix a Konny—, te vas a jugar. ¿De acuerdo?

—¿Jugar a qué? —preguntó Konny.

—A cualquier cosa. Ve al columpio, por ejemplo... En realidad da igual. Lo único que importa es fingir que no eres el hermano de Konny. ¿De acuerdo?

—De acuerdo —asintió el pequeño.

Felix me miró con aire triunfal.

—Bueno, problema solucionado.

El pequeño Konny le tiró de la manga.

—¿Quieres que finja que soy hermano tuyo?

Felix le miró horrorizado.

—¡No! Haz como si no nos conocieras. Como si fuéramos unos desconocidos. ¡¿Entendido?!

69

Konny reflexionó durante un rato, y luego aseguró con un movimiento de cabeza:

—Eso está hecho.

Estaba tan nervioso que apenas logré poner un pie detrás del otro. ¡Al cabo de pocos instantes, me encontraría con Kim!

Felix me miró.

—Oye, si te arreo fuerte en la nariz, ¡¿desaparecerá esa estúpida sonrisa de tu cara?!

—¿Qué? Pero ¡¿tú de qué vas?!

Kai intervino y dijo:

—Es estupendo que Konny esté de tan buen humor.

Por desgracia, al cabo de un rato dejé de estar de tan buen humor y lo cierto es que cuando llegamos al parque estaba de un humor de perros, porque, a pesar de la cuidadosa planificación, todo parecía indicar que el gran acontecimiento se iría al garete.

A excepción de algunas madres con sus hijos de corta edad, en el parque no había nadie.

Tragué saliva e intenté mantener la calma. Seguro que Kim vendría algo más tarde.

—Voy a los columpios —dijo Kai.

—Hombre, Kai, ¿estás mal de la azotea! ¿Cómo es posible que quieras sentarte ahora en un columpio? —grité con indignación. Al fin y al cabo, Kim podría aparecer en cualquier momento.

—¿Y por qué hemos venido al parque si ni siquiera puedo ir a los columpios? —se quejó Kai.

—Será mejor que nos sentemos en el banco —decidí.

Desde ahí tenía una visión del conjunto inmejorable.

—¡Fantástico! ¡Megaguay! ¡Como los jubilados! —exclamó Felix en tono de queja.

En ese mismo momento aparecieron dos amigas de Kim. Gracias a Dios. Suspiré de alivio. Kim no podría estar lejos.

—Ves —le dije a Felix con aire triunfal—, sé dónde están las chicas.

Kai, con el dedo extendido, señaló a las dos amigas de Kim y, mirándome con cara de enfado, dijo:

—Ellas vienen con un cubo y una pala para jugar con la arena, y yo ni siquiera puedo subir a los columpios.

Efectivamente, las dos llevaban un cubo de juguete.

Le lancé una sonrisa a Felix.

—¿Se ha puesto de moda ahora? ¿En lugar de los bolsos de mano?

Las dos chicas se sentaron en un banco en el otro extremo del parque y empezaron a cuchichear. De repente, me miraron a mí y me indicaron que me acercara con la mano. Me encaminé hacia allí con cara de indiferencia.

Mi hermano pequeño había sentado al perro en el carrusel y el pobre animal no paraba de dar vueltas.

Una de las amigas de Kim me miró de arriba abajo.

—Vaya, ¿tú eres Konny? —preguntó conteniendo la risa.

Esbocé mi mejor sonrisa tipo James Bond y respondí:

—El mismo que viste y calza.

Entonces ambas se echaron a reír a carcajadas y, sin darme tiempo a añadir nada más, me entregaron el cubo y la pala.

—Recuerdos de Kim. Dice que corresponde más o menos a tu edad.

—¡¿Quéee?!

Fuertes carcajadas.

Cogí el cubo con gesto automático, regresé con Felix y Kai y concentré todas mis fuerzas en adoptar un aire lo más indiferente y desenvuelto posible. Cosa harto difícil con el cubo de juguete en la mano.

—¿Qué es eso? —preguntó Felix mirando el cubo.

—Un regalo de Kim.

—Sé de algunos que han recibido una calabaza, pero un cubo...

Felix empezó a reírse a carcajadas gritando una y otra vez:

—¡Un cubo!

Y Kai se unió a él al cabo de un instante.

—¡Es para mi hermano pequeño, atontados!

—Venga, Konny, ¡olvídate de las tías y vámonos a pescar!

Asentí con la cabeza. Lo mejor era largarse de allí.

—Vámonos.

—Creía que estábamos aquí para conocer chicas —intervino Kai.

—Oye, ¿acaso no sabes pensar más que en chicas? —le grité.

Kai se estremeció un instante, pero enseguida se le iluminaron los ojos y preguntó:

—Bueno, supongo que ahora ya puedo ir a los columpios ¿no?

—¡No!

Kai miró de reojo el cubo, pero enseguida gruñí:

—¡Olvídalo!

Estábamos a punto de marcharnos cuando las dos chicas se levantaron del banco y se acercaron tranquilamente a mi hermano pequeño y al perro.

—¡Qué perro más lindo tienes! —dijo una de las dos a Kornelius.

Konny estaba radiante.

Me detuve y dirigí la mirada a Felix y Kai con aire triunfal.

—Ya os lo dije: un perro siempre va bien.

Kai afirmó con la cabeza; Felix se encogió de hombros.

—¿Quieres tocarlo? —le dijo Kornelius generosamente a la chica.

—Claro —respondió ella, y el renacuajo se esforzó en parar el carrusel.

Kai observaba la escena con sumo interés.

—¿Qué? ¿Nos acercamos ahora a las chicas? Y si es que sí, ¿qué les decimos? —preguntó.

—¿Por qué no les preguntas si quieren ir contigo a los columpios? —le propuso Felix.

—¡Idiota! —exclamé.

Felix miró el cubo, y me sugirió:

—Konny, creo que deberías devolverles el cubo, y soltarles alguna frase guay.

No era mala idea: devolverle el cubo a Kim con una frase guay. ¡Por supuesto!

Las dos chicas fingieron no verme.

—¡Podéis devolverle a Kim vuestro estúpido cubo! —dije.

¡Vaya frase más guay! Debería haberla pensado un poco mejor.

Ambas siguieron ignorándome. El cubo aterrizó en la arena.

—¡Qué chiquillo más mono! —dijo una de las dos dedicándole una sonrisa a Kornelius.

«De acuerdo, como queráis», pensé. Cambié mis planes, esbocé una sonrisa encantadora y dije:

—Es mi hermano.

—¿De verdad? —dijo la chica con interés.

—¡No es verdad! —espetó mi hermano pequeño.

—Claro que es verdad —dije enseguida.

Kornelius se dirigió a las dos chicas y dijo:

—No le conozco de nada. Es un desconocido.

—¡Anda ya! No dice más que tonterías —dije negando con la mano—. Es mi hermano y éste es mi perro, *Karl*.

—El perro se llama *Puschel* —aseguró Kornelius contradiciéndome.

—Vale, como quieras, se llama *Puschel* —concedí.

La otra chica puso los brazos en jarras y preguntó con impaciencia:

—¿En qué quedamos? Si el perro fuera tuyo, sabrías cómo se llama, ¿no?

—*Puschel* —refunfuñé bajito.

—Claro, lo sabes porque el chiquillo te lo dijo antes.

—El chiquillo es mi hermano y está chiflado. —Me estaba enfadando por momentos—. Vamos, diles que eres mi hermano.

Konny me miró de reojo.

—¿Y yo cómo me llamo? —dijo con cara de despabilado.

Estaba en apuros. Naturalmente sabía cómo se llama mi hermano, pero no sabía qué tenía que decir para tranquilizarlo.

—¿Puschel? —dije con prudencia.

—¡Me llamo Kornelius! —exclamó con tono triunfal—. ¡El que se llama *Puschel* es mi perro!

Ahora estaba superenfadado. Me volví hacia Felix y Kai y dije:

—Venid, ¿por qué no se lo decís vosotros?

—Tenemos que irnos —dijo Felix, el gallina, llevándose a Kai.

¡Fantástico! Estaba hasta las narices. Agarré a Kornelius por el brazo y dije:

—Ahora nos vamos a casa.

Se soltó y gritó:

—Eres un desconocido. No debo ir con desconocidos.

Las dos chicas nos estaban observando con aire de desconfianza. Entonces, una de las chicas le tendió la mano a mi hermano y dijo con dulzura:

—Ven, pequeño, te acompañaremos a casa. ¿Sabes dónde vives?

—¡Claro que sí! —dijo Kornelius. Me guiñó un ojo, se cogió de la mano de la chica y sacó a

Karl del carrusel. *Karl* bajó y vomitó encima de mis zapatos.

Las chicas, asqueadas, se apartaron.

Mi mirada cayó sobre el cubo. Si lo hubiera sabido, le habría colocado a *Karl* el cubo delante.

Juré vengarme. Pero ¿de quién?

Capítulo nueve, en el que Sanny tiene una cita con Rob

—¿Cómo estás? —me preguntó Liz al día siguiente en el patio. Las dos habíamos llegado muy temprano para no dejar escapar a Rob.

—Estupendamente —contesté—. ¿Dónde está Rob?

Estaba superbien preparada para un encuentro con Rob. La noche anterior había hecho la prueba definitiva con *Pixi* y *Dixi*. Había recortado del anuario la foto de Rob y la había sumergido en el acuario.

Si *Pixi* y *Dixi* hacían caso omiso de la foto, Rob no sería el chico adecuado.

Estaba muy excitada y no podía dar crédito a mis ojos: los dos descubrieron en un santiamén la foto de Rob en el fondo de la pecera y empezaron a morderla. Y no tenía nada que ver el hecho de que la hubiese tocado con las manos pringadas de comida para peces.

Fue una señal, y significaba: «Rob está para comérselo.» Los peces oráculo, por tanto, me habían dado luz verde.

Liz y yo nos paseamos por el patio, pero no

vimos a Rob por ninguna parte. ¿Acaso me había levantado una hora antes en balde?

En el recreo, Liz me sacó del aula y bajamos al patio. Nos pasamos todo el rato buscando a Rob con la mirada. Por fin le vi. Estaba apoyado en un árbol y hablaba con una chica. ¡Con una chica! ¿Qué significaba esto?

—¡Allí está! —exclamó Liz.

—Está hablando. ¿Y ahora qué hacemos?

—¡Y qué más da! Vamos.

—No, espera —le dije a Liz intentando detenerla—. No es el momento oportuno.

En mi acuario no había ni rastro de una chica.

—¡Tonterías! ¡Vamos al grano! —decidió Liz con tono enérgico. Se acercó a los dos arrastrándome con ella.

¡Ojalá pudiera consultar otra vez a *Pixi* y *Dixi*!

—¡Mejor esperemos a mañana! —dije intentando negociar con Liz.

—¡Ahora o nunca! —susurró.

Habíamos llegado y Liz estaba en su elemento.

—Hola —dijo amablemente—. ¿Os puedo molestar un momentito?

—Hola —dijo Rob levantando la mano a modo de saludo.

¿Me había reconocido? ¿Recordaba nuestra colisión?

—Siento haberos interrumpido —prosiguió Liz.

—Le estaba explicando a Jana algo de mates. Necesita un poco de ayuda.

Liz estaba encantada.

—Vaya, eres justo el hombre que buscábamos. Porque Sanny necesita urgentemente clases particulares de matemáticas —dijo señalándome con el dedo.

La miré algo confusa. Pero ¿desde cuándo? ¡Y precisamente de mates! ¡Era mi asignatura preferida!

Rob no dijo ni mu.

—¡Sino no pasará el curso! ¿No podrías darle clases particulares? —Liz lo miró de arriba abajo moviendo los párpados encarecidamente y añadió—: ¡Por favor!

¿Era ella quien quería coquetear o yo?

Rob se encogió de hombros.

—Vale. Cinco euros la hora.

Liz estaba radiante.

—¡Trato hecho! ¿Cuándo te va bien?

—Esta tarde.

—De acuerdo. Pásate a las tres por casa de Sanny. Toma, la dirección.

Le entregó un papelito con mi dirección. Rob se lo metió en el bolsillo y volvió a dirigirse a Jana.

¡Fantástico! ¡La cosa había salido estupendamente! Estaba enfadada con Liz. Pero ¿de qué iba? Le entregaba mi dirección sin más. ¡Decía que necesitaba clases particulares de mates! ¡Por Dios! ¡Debería habérmelo consultado antes! Di media vuelta y me marché. Liz vino detrás.

—¿Por qué te marchas? Justo acabábamos de empezar a hablar.

—Conmigo no ha hablado nadie y tampoco he tenido la oportunidad de hablar con nadie. Porque otra persona no paraba de hablar diciendo que yo necesitaba clases particulares de mates.

—¡Anda ya, Sanny! No te pongas así. ¡Ahora tienes una cita con Rob! ¡Es lo que queríamos! Esta tarde pasará por tu casa, charláis un poquito, ¡y entonces te enamoras de él!

—Sí —refunfuñé—, además de pagar cinco euros. ¡Una ganga! Y, por cierto, ¿por qué andas por ahí con un papelito con mi dirección?

—Pues justamente por si se presenta un caso como éste. Es el plan D.

Refunfuñé enojada, aunque tuve que reconocer que el plan de Liz no estaba nada mal.

—Y ahora deja ya de quejarte y dime cómo te sientes.

Me detuve y me concentré.

—¿Sabes qué? Creo que me he enamorado.

Liz abrió unos ojos como platos.

—¡No me digas! ¿Cómo lo sabes?
—¡Estoy un poco mareada! —dije, radiante.
—¿Ya te has comido tu bocata?
—No.
—Cómetelo. Y, si luego sigues mareada, entonces es por el amor. Si no, era por el hambre.

Por desgracia, había sido el hambre. ¡Lástima!

Capítulo diez, en el que **Konny** en realidad debería estar en el instituto

—¡Konstantin! —Mi nombre resonó por toda la escalera. Ah, la linda voz de mi queridísima madre.

Bajé a trancas y barrancas la escalera. Ella aguardaba en el recibidor, de punta en blanco.

—Date prisa, vas a llegar tarde al instituto. Sanny ya se ha marchado, y yo también tengo que irme.

—¿Irte? ¿Adónde? —le pregunté soñoliento.

Mi madre estaba radiante.

—Hoy es mi primer día de trabajo.

Efectivamente. Casi lo había olvidado. ¡Empezaba la buena vida!

—¡Que te diviertas! —le dije de muy buen humor. Y me arrastré a la cocina: no había nadie.

Volví pitando, abrí rápidamente la puerta de la entrada y grité:

—¡Eh, en la cocina no hay nadie! ¡Y tampoco hay desayuno!

Mi madre se volvió alegremente y, desde el portal del jardín, dijo:

—Lo sé. Ya he avisado a tu padre tres veces.

Inténtalo tú. Quizá tengas más suerte. Y no hagas ruido para no despertar al pequeño. Con un poco de suerte dormirá hasta las nueve. ¡Chao!

De pronto me encontraba totalmente despierto. Necesitaba desayunar. Sin desayuno no era nadie.

Me precipité hacia el dormitorio de mis padres.

—¡Papá, levántate! ¡Te has dormido!

Mi padre se irguió de golpe.

—Mamá ya se ha ido —le dije con tono de reproche.

Mi padre se pasó la mano por los ojos y, de repente, dijo radiante:

—Mi primer día libre. Me quedaré en la cama.

—¿Quéee? ¡Nada de día libre! ¡Ahora eres el amo de casa! Tienes que levantarte y hacer el desayuno.

—Tonterías. Ya tienes edad suficiente para hacerlo tú solito.

—¿Y el pequeño qué?

Mi padre se dejó caer de nuevo en la cama.

—Tu madre dijo que duerme hasta las nueve, así que todavía tengo tiempo. —Se dio la vuelta y se limitó a añadir—: Cierra la puerta y no hagas ruido.

Me quedé de una pieza. No podía creérmelo.

Me senté en la escalera e intenté reflexionar. Pero con el estómago vacío no podía reflexionar.

Entonces me duché, me vestí y me fui a la cocina a echar un vistazo.

De repente, alguien me dio una palmada a modo de colega en el hombro.

—¿Qué, hijo? ¿Qué haremos hoy? Ya es hora de que tengamos un día padre-hijo, ¿no te parece?

Mi padre se había levantado y estaba de super-buen humor.

Le miré indignado.

—¡Ya debería estar en el insti!

—Vaya, ¿y por qué estás aquí todavía?

—¡Por tu culpa! ¡Porque te has dormido!

—Pero ¿qué tiene que ver esto conmigo?

—¡Pues claro que tiene que ver! ¡Tú tienes que hacerte cargo de nosotros, procurar que haya algo para comer por las mañanas y que lleguemos a tiempo al insti!

—¿Por qué?

—Porque mamá siempre lo hace.

Mi padre se rió.

—¡Exacto! Y por eso siempre estaba tan estresada, agotada y descontenta. Creo que voy a cambiar unas cuantas cosas en esta casa.

—Vaya, ¿ya no habrá desayuno?

—Déjame en paz con tu desayuno. ¿No sabes prepararte nada tú solito?

—¡Pues claro! Pero para hacerlo tendría que levantarme media hora antes.

—¡Ves! ¡Ya tienes la solución a tu problema! Pero para demostrarte que soy un buen padre, hoy prepararé yo el desayuno. Siéntate.

Me senté obediente y aguardé.

—¿Dónde están los huevos? —preguntó mi padre.

—En la nevera.

—Ah.

Sacó dos huevos de la nevera y empezó a abrir cajones.

—¿Y las ollas?

—En el armario, abajo, a la izquierda. El agua sale del grifo.

—¡Listillo! —dijo mi padre todavía de buen humor—. ¿Y la sal?

—Con las especias: primer armario de la derecha.

—Ah. Todo tiene su sitio, muy bien —dijo con satisfacción—. ¿Y el pan?

—En la panera —refunfuñé—. Está en el aparador.

Mi padre abrió la panera y preguntó:

—¿También hay pan tostado?

—Sí, pero sólo congelado. No hay mucha demanda.

Mi padre se detuvo y me miró con orgullo.

—Hijo, de verdad, tienes un sentido de la orientación estupendo.

Entonces dio un paso atrás y, tras reflexionar durante unos segundos, añadió:

—Pero quizás habría que reestructurar la cosa. En esta cocina se hacen demasiados movimientos innecesarios. Todo lo importante tendría que poder alcanzarse desde el mismo sitio.

—Tengo hambre —dije para recordarle su tarea inicial.

—Voy —dijo enseguida—. ¿Dónde están los huevos?

—En la nevera, pero ya sacaste dos.

—Ya lo sé, pero ¿dónde los dejé?

—¿Has perdido los huevos? Papá, esto no saldrá bien. Pídele disculpas a mamá, date por vencido y vuelve al despacho.

De repente, mi padre se puso muy serio.

—Jamás. Nadie me hará creer que no sé llevar una casa.

Volvió a mirar a su alrededor en busca de los huevos. Nada. Abandonó, y sacó otro par de huevos de la nevera.

Para desayunar, siempre me como el huevo pasado por agua, pero cuando mi padre me preguntó cómo lo quería contesté:

—Con cáscara. Me da lo mismo lo cocido que esté.

Hay que colaborar un poco, ¿verdad?

Pero cuando se sentó conmigo a la mesa con el

huevo duro en la mano y una tostada congelada en la otra, ya no dije nada más.

En realidad, se había esforzado mucho.

—No sé dónde están las hueveras —dijo en tono de disculpa mientras intentaba pelar el huevo.

Miró a su alrededor.

—Hum... ¿Falta algo más? Ah, sí, el café. ¿Ya tomas café?

—Claro que sí —le dije, y, para ser sincero, añadí—: Sin cafeína.

—Bien hecho —dijo mi padre con satisfacción mientras posaba su mirada sobre la cafetera—. ¿Sabes cómo funciona? —preguntó.

Me levanté, le arrebaté la tostada congelada de las manos y la metí en la tostadora; a continuación busqué dos hueveras e hice café. Coloqué el tarro de la mermelada, el queso y el embutido en la mesa, saqué el yogur de la nevera y exprimí naranjas.

Poco después, volvimos a estar juntos en la mesa desayunando a gusto.

—Bueno —empezó a decir dejando vagar la mirada por encima de la mesa—; la verdad es que no podéis quejaros. ¡Menudo desayuno os he preparado!

Asentí, sumiso.

Se rió.

—¡Y tú pensabas que no sabía preparar el desayuno!

Hice un gesto con la boca y deseé que volviera mi madre.

Cuando mi padre estaba a punto de morder la tostada, se oyó un grito desde arriba:

—¡Papá!

Mi padre me miró: estaba radiante.

—¿Lo has oído? ¡Ha dicho papá! ¡No mamá!

Me encogí de hombros y seguí masticando. No podía ser nada bueno.

—Sííí, ¿qué hay? —contestó mi padre con alegría.

—¿Puedes venir un momento? —gritó Kornelius.

—Estoy desayunando. ¿Qué quieres?

—Tengo un problema.

¡Lo que yo decía!

—¿No puedes solucionarlo tú solo?

—Lo intentaré.

—Eres un buen chico —gritó mi padre y, tras darle un mordisco a la tostada, dijo—. ¿Ves?, así es cómo debe hacerse. Seguro que vuestra madre habría interrumpido su desayuno para acudir en su auxilio y, por la noche, se me habría quejado de que ni siquiera puede desayunar en paz en esta casa.

—Konny es bastante pesado —le señalé con cautela.

—Ya lo sé —asintió mi padre.

—Hace cosas de lo más raras.

—Sí, lo sé. Por cierto, ¿por qué no va a la guardería?

—Porque siempre se escapa. Se han negado a seguir cuidándole.

Mi padre negó con la cabeza y dijo:

—Son pedagogos profesionales y ni siquiera saben tratar a un niño algo vivaz. Sólo hay que estimularlo como es debido.

Asentí dejando escapar un suspiro.

—¡Papiii! —La voz de mi hermano retumbó de nuevo desde arriba.

—¿Qué quieres, hijo? —respondió mi padre también gritando.

—Ahora tengo los pies mojados.

—Coge la toalla y sécatelos.

—Vale.

—¿Lo ves? Otro problema solucionado —me dijo mi padre con orgullo.

Carraspeé.

—Quizá podrías preguntarle por qué tiene los pies mojados.

Mi padre me miró confuso y decidió hacerme ese favor.

—¿Por qué tienes los pies mojados, cariño? —gritó mirando hacia arriba.

—Porque en el baño hay agua.

Mi padre movió la cabeza como queriendo decir: «Eso sí que es una buena explicación.»

Ya no aguantaba más: me levanté de golpe y me fui pitando hacia arriba.

El agua le llegaba a Konny hasta los tobillos. Todo el cuarto de baño estaba inundado. La cadena del váter se había quedado activada y el agua acabó llenando el suelo.

—¡Papá! —grité asomándome abajo—. Creo que será mejor que subas.

Cogí a Konny en brazos, le llevé a su habitación y le sequé los pies.

—Pero ¿qué ha pasado?

—No sé, sólo he tirado de la cadena. Muchas veces. Pero no ha parado.

Asentí.

—¿Y antes? ¿Antes de tirar de la cadena?

—Se me cayó el pantalón del pijama adentro.

—¿Dentro del váter?

—Claro.

—¿Y cómo ocurrió?

—Ya no me acuerdo. Hace mucho que pasó.

—¿Y por qué tiraste de la cadena?

—Porque papá dijo que solucionara el problema. Y pensé que se disolvería en el agua.

—Venga, vístete y luego le explicas toda esta historia a papá.

Bajé. Mi padre seguía sentado en la mesa del desayuno.

—¿Qué quería?

—Lo mejor será que subas y lo veas con tus propios ojos. Ahora tengo que irme sin falta al insti. Si me doy prisa, estaré allí antes de que termine el recreo.

Nunca había salido de casa tan deprisa ni llegado tan rápido al insti.

En el camino pensé que quizá podría pedirle a Kai que convenciera a sus padres para que me adoptasen.

Y a Kim le tenía que cantar las cuarenta.

Capítulo once, en el que Sanny no reconocerá a su hermano

—¡Ay! —grité llevándome la mano al hombro. Un tonto del bote había chocado conmigo de pleno. Levanté la mirada y vi que el tonto del bote era mi propio hermano.

—Eh, Sanny, ¡cuánto me alegro de haberte pillado! —exclamó.

—¡Muy gracioso! —exclamé dándole un empujón en el brazo—. ¿Ves?, ahora yo también te he pillado.

—Déjate de tonterías —dijo dándome un empujoncito—. Tengo que hablar contigo.

Me apartó a un lado haciendo caso omiso de Liz. Ni fanfarronadas. Ni bobadas. Nada. Empecé a preocuparme seriamente.

Miré a Liz con cara de «no-tengo-ni-idea-de-qué-le-pasa». Liz asintió comprensiva y se largó.

Cuando Konny estaba a punto de empezar a hablar, una chica realmente guapa se nos acercó y dijo:

—Hola, tú eres Konstantin, ¿verdad?

—Eh... no. Es aquel de ahí delante —respondió Konny señalando al tuntún a un grupo de chicos que estaba en el patio.

Pero no pudo quitarse a la chica de encima.

—¡Anda ya! Sé quién eres. Escucha, tengo que hablar contigo...

Konny contestó con aspereza:

—Ahora no tengo tiempo, ¿vale?

La chica dio unos cuantos pasos atrás, se detuvo y se quedó observando a Konny con aire desconfiado.

Abrí unos ojos como platos.

—¿Quién eres? ¿Qué hiciste con mi hermano? —le pregunté a Konny.

—Déjate de tonterías. Tenemos un problema.

—¿Nosotros? Por cierto, ¿dónde estuviste las dos primeras horas de clase?

—Sanny, no tienes ni idea de lo que está pasando en casa. De verdad, con papá es el caos total.

Estaba sorprendida.

—Mira quién habla. El megacaótico.

—Deberías haber visto a papá en la cocina, Sanny. Es imposible que haga de amo de casa.

—Si te da vergüenza, ¿por qué no les dices a tus amigos que está en paro?

—No es eso. Esta mañana he tenido que hacerlo todo yo. Me he sentido como el único adulto en casa. Papá quiere que participemos en las tareas del hogar. Pero prefiero ser un adolescente caótico sin ningún interés especial por nada a ser una Mary Poppins.

No pude contener la risa al imaginarme a Konny como Mary Poppins.

—No tiene nada de divertido. ¡Tenemos que hacer algo! —exclamó.

—Vamos, ya se les pasará. Como mucho durará una semana. Entonces todo será como siempre —le dije para tranquilizarlo.

—¿Estás segura? ¿O has vuelto a meter la nariz en el acuario?

Estaba indignada, aunque lo cierto es que me había pillado.

—Pero ¿qué dices?

—Es que cuando entro a tu habitación, siempre tienes los ojos clavados en los peces, como si fueran a susurrarte los números del próximo sorteo de la lotería.

Hum... Los números del sorteo. Pero ¡qué buena idea!

—¡No digas chorradas! Papá ya aprenderá. De tonto no tiene un pelo.

—Si lo hubieras visto hoy por la mañana...

—Bueno, entonces tenemos que ayudarle un poquito.

—¡Lo que te decía! ¡La buena vida se acabó! ¡Nos obligará a ayudarle! ¡Es imposible que lo haga todo solo!

—¡Tampoco exageres!

—Ya lo verás este mediodía cuando llegues —refunfuñó Konny.

La chica que se había dirigido a Konny aún aguardaba por allí y no paraba de balancear el pie con impaciencia.

—Más vale que no hagas esperar demasiado a tus admiradoras, si no se enamorarán de otro —le aconsejé.

—Eso es lo de menos —resopló Konny.

—Por cierto, mi lista de las razones por las que no hay que enamorarse es cada vez más larga. Apuesto lo que quieras a que ya tengo por lo menos el doble de razones que tú.

—Con una ya tienes el doble que yo. No tengo tiempo para apuntar nada. Estoy demasiado ocupado con los problemas domésticos.

—¡Anda ya! Parece mentira.

—De verdad, Sanny, estoy para el arrastre.

—Un solo día sin tener el desayuno en la mesa y ya pierdes los estribos.

Kai se acercó. Al parecer, había cogido al vuelo mi última frase y, acto seguido, le ofreció a Konny la mitad de su bocadillo de jamón. Yo me largué y me dispuse a buscar a Liz. Todavía teníamos que urdir un plan para las clases particulares de mates que Rob iba a empezar a darme ese mismo día. Entretanto, ya las ansiaba.

Al parecer, la chica ya había perdido la paciencia y se acercaba a Konny. ¡Que le vaya bien con mi hermano!

Y él, que tenga suerte. La chica no parecía estar especialmente de buen humor.

Capítulo doce, en el que **Konny** le confiesa a Kim que está enamorado de ella

Dejé vagar la mirada en busca de Kim. Sanny no había entendido nada en absoluto. Ojalá con Kim fuera diferente.

—Tengo que darte una noticia —dijo de repente una voz enérgica a mis espaldas.

Me di la vuelta: la chica de antes.

—Cuando quieras. ¿De parte de quién? —pregunté sonriendo.

—De una amiga.

Le di un empujoncito a Kai y murmuré:

—¡Mírame y aprende!

Kai afirmó con la cabeza impetuosamente.

Me dirigí de nuevo a la chica y exclamé:

—¡Ah, de una amiga!

Asintió.

—Oye —dije con generosidad pasándole el brazo por encima del hombro—. No hace falta que pongas como pretexto a una amiga si lo que quieres es hablar conmigo. ¿En qué puedo servirte?

Kai soltó un silbido de admiración.

La chica se quitó mi brazo de encima y me espetó:

—Kim tiene razón, ¡no hay quién te aguante!

—¿Kim? —chillé, por desgracia, un par de octavas demasiado alto.

Kai era todo oídos y se inclinó un poco hacia delante.

—Sí, Kim es el nombre de mi amiga, ¡y tú eres su problema! —dijo la chica fríamente.

Intenté relajarme tanto como pude y le lancé una sonrisa a Kai. A la chica le dije:

—Siento ser un problema para Kim. ¿Qué puedo hacer?

—Dejarla en paz. ¡Y me dijo que te dijera que dejes de ir contándole a todo el mundo que iréis juntos al cine!

Kai se quedó con la boca abierta.

Me costó reponerme, pero conseguí esbozar una sonrisa desenfadada y finalmente dije:

—Si Kim quiere algo, que venga. Díselo.

Me di la vuelta y me marché arrastrando a Kai conmigo.

—¡Caray! —exclamó cuando la amiga de Kim ya no podía oírnos—. No suena nada bien.

—¡Qué va! Estoy convencido de que no vino de parte de Kim. Nunca las he visto juntas.

Kai asintió en reconocimiento por tanta perspicacia.

—Pero ¿entonces por qué ha venido a decírtelo?

Reflexioné durante unos instantes y enseguida encontré una explicación obvia.

—Necesitaba una excusa para hablar conmigo, así de fácil.

Kai estaba radiante. De nuevo, su mundo era armonioso. Y cuanto más lo pensé, más convencido estuve de mi explicación.

No había vuelta de hoja.

Esa idea me mantuvo a flote. Pero sólo hasta el segundo recreo.

Cuando llegué al patio, Kim ya me estaba esperando con los brazos cruzados. Justo cuando empezaba a prepararme para un colapso total, me soltó:

—Escúchame bien, tarugo, me parece que no es tan difícil: lo único que tienes que hacer es dejarme en paz. No intentes hablar conmigo y no vayas contando por ahí que hemos quedado para ir al cine. ¿Entendido?

No hubo colapso. Al parecer, sólo tengo problemas de salud de vez en cuando.

—Pero lo del cubo no fue muy amable por tu parte —dije iniciando una conversación agradable.

—¡No pretendía ser amable, sino inequívoca! ¡A ver si te entra en la cabeza!

Al parecer, Kim estaba de un humor de perros.
—¿Por qué eres tan arisca?
—¿Por qué estás tan convencido de ti mismo?
—Eh, ¡estoy convencido de ti!
Kim hizo una mueca.
—¡Menudo disparate! Vas por ahí diciéndoles a todas las chicas unas tonterías tan cursis que dan asco. En realidad no te importa con quién estás hablando. Probablemente ni siquiera sabes distinguir a las chicas que te quieres ligar. Y yo no quiero ser una entre muchas. Así que déjame tranquila.
—Eh, ¡podrías ser la única! —le dije enseguida. La conversación iba por buen camino.
Kim me lanzó una mirada crítica. Pero su rostro ya no expresaba tanto rechazo.
La cosa iba realmente bien. De primera.
Vi a Kai y Felix. Y ellos me vieron a mí. Ojalá no lo echaran todo a perder. En situaciones como ésa, los dos son un peligro que no se debe subestimar.
—¿Sabes?, si supiera que lo dices en serio, no estaría tan enfadada por las bobadas que vas soltando por ahí. Pero a todas les dices lo mismo.
Kai y Felix se acercaron a Kim y a mí. Kim estaba de espaldas. No me quedaba mucho tiempo. Dos frases, a lo sumo.
Sonreí y le puse la mano en el hombro.
—Me importas. Si juegas bien, tienes muchas

posibilidades de convertirte en mi mujer principal.

—Pero ¡¿qué narices quieres decir con esto?! —exclamó algo irritada dejando caer la mirada sobre mi mano.

Se acabó. Algo había salido mal. Retiré la mano. Quería decir algo amable, pero Kim entornó los ojos y se marchó.

¿Por qué se largaba tan indignada?

Kai y Felix se habían dado cuenta del chasco. Quizás aún estaba a tiempo de salvar la situación.

—Elige tú la película —grité detrás de Kim. Pero no reaccionó. Me di la vuelta y, con sorpresa fingida, les dije a mis amigos—: Eh, ¿qué hacéis vosotros por aquí?

Felix me miró con unos ojos como platos.

—Es nuestro insti, profesor Einstein.

—¿Qué te ha dicho Kim? ¿Tenéis algún problema? —preguntó Kai con interés.

—Yo no tengo ninguno. El problema lo tiene ella, ¡¿entendido?! Es que no nos ponemos de acuerdo en la película que vamos a ver.

—Ah, vale. Creí que te había dejado.

—Eh, si ni siquiera han salido juntos —dijo Felix.

—¡Si no has quedado con Kim, podríamos ir a pescar! —propuso Kai.

Felix asintió con la cabeza.

—¡Desde luego! ¡Esta historia tuya con Kim está alterando bastante nuestro ritmo de pesca! —espetó con cara de reproche.

De hecho, me habría gustado más ocuparme de los peces que de Kim, pero me había metido en ese lío no sabía muy bien cómo y no podía arrojar la toalla tan rápidamente.

—Aún tengo que preparar algo para clase —murmuré y, tras darme la vuelta, me marché. Acababa de echar a perder la oportunidad de mi vida. Pero ¡¿por qué había salido tan mal?!

Me puse de muy mala uva, tanto que le arreé una patada a una piedra con todas mis fuerzas. Pero con tan mala suerte que fui a elegir una piedra que estaba bien sujeta a la tierra, y acabé cayendo al suelo cuan largo era.

Felix vino corriendo hacia mí.

—La próxima clase tenemos educación física, así que ¿qué es lo que tienes que preparar?

—¡Técnicas para dejarse caer! —murmuré. Me levanté y entré en el edificio.

—¿Te duele mucho? —me preguntó Kai compasivo a grito pelado. ¡Fantástico! Me convertí en el centro de las miradas de todos aquellos que no se habían enterado de mi aterrizaje ventral. ¡Vaya imbéciles!

Pero de lo que nadie se había enterado era de que Kim había entrado en nuestra aula. Me había retirado allí por el resto del recreo..

—Nosotros tenemos clase allí —dijo cuando me vio.

Hice un gesto negativo con la mano.

—Vale, vale, está bien. Tenemos educación física, ya me voy.

Me fui cojeando hacia la puerta.

—¿Te has caído?

Me erguí indignado y me apresuré a responder:

—¿Yo? ¿Por qué lo dices?

—Ah, por nada. Alguien dijo que estabas herido.

Abrí los ojos como platos y, cuando estaba a punto de negarlo todo, vi mi última oportunidad: compasión.

—¡Estoy herido! —dije levantando la voz—. He podido llegar hasta aquí con mis últimas fuerzas.

Para dar mayor credibilidad al asunto, solté un fuerte suspiro y me dejé caer teatralmente encima de una mesa.

Kim también suspiró hondo. Pero no por compasión.

—¡Eres un exagerado! ¡Me sacas de quicio!

—Eres la primera que lo dice. Hasta ahora, nadie se ha quejado.

—¡Pues ya va siendo hora de que alguien te diga que eres un estúpido!

Corrí hacia la puerta, y miré a izquierda y derecha. No había nadie. Vale, muy bien.

Me acerqué a Kim, bajé la voz y dije:

—Ahora en serio: ¿por qué crees que soy un estúpido?

—Porque lo eres.

—Oye, como máximo en mates, pero...

Kim hizo un gesto negativo con la mano.

—No me refiero a esto. Tu forma de ser es estúpida, y tus frasesitas, de lo más tontas...

Reflexioné.

—¿Y qué te gustaría?

—¿Por qué lo quieres saber?

¡Pufff! El asunto se iba complicando.

—Porque... porque...

—¿... porque soy la única que no te admira?

Me encogí de hombros.

—Por ejemplo.

Nunca se tiene que dejar escapar el balón, pensé.

—El problema es que contigo nunca se sabe si hablas en serio o en broma. Exageras tanto que cualquier frase suena tonta.

¡Maldita sea! ¿Acaso había llegado el momento de confesarle mi amor? Y si fuera así, ¿cómo se hacía?

La miré sonriendo.

—Creo que en nuestra familia tenemos un defecto de genes. Lo heredé. No es culpa mía.

Kim estaba a la expectativa. Algo es algo.

—Pero sólo les pasa a los hombres Kornblum —proseguí—. Y sólo cuando estamos enamorados.

Ah, lo había dicho.

Kim me miró con los ojos muy abiertos y, de repente, se puso roja. Contuve la respiración y me sentí amilanar. Mi cerebro ya no tenía sangre. ¡Felicidades! Justo en el momento decisivo, iba a caer en coma.

Pero, de repente, Kim dijo enfadada:

—¿Acaso también es una de tus frases tontas para ligar? ¿Cuántas chicas han caído ya en la trampa?

Pero ¡¿qué había pasado?! ¿Por qué no acertaba ninguna? ¡¿Qué se había creído esa Kim?!

—¿Sabes qué te digo? Otras chicas van locas por escuchar una de esas fracesitas tontas.

—Entonces, ¿a qué esperas? ¡Vete a molestar a las demás chicas y déjame en paz a mí!

—¡Puedes estar segura de que lo haré!

—¡No pienso estar ni un minuto más en la misma aula que este niñato! —exclamó, y salió pitando.

Estaba totalmente confuso. Pero ¿qué diablos había pasado?

Entonces volvió.

¡Ah! Lo sabía, venía a pedir disculpas

—Eh, tarugo, ahora tengo clase aquí —me dijo con grosería.

¡Oh, pues nada! ¡Me equivoqué! ¡Vaya!

—¡Yo no! —respondí. No se me ocurrió nada mejor, así que salí cojeando por la puerta.

¡La imbécil de Kim!

Y pensar que por su culpa había estado a punto de tener tres ataques de corazón.

¡Menos mal que el asunto quedaba concluido!

De una vez por todas.

Kim ya no existía para mí.

No me causaba ningún problema olvidarme de ella en ese preciso instante.

Ya estaba: ¿Kim? ¿Quién era esa Kim?

Capítulo trece, en el que Sanny recibe clases particulares

Konny no paró de quejarse durante todo el camino de vuelta a casa. Cuanto peor pintaba nuestra situación doméstica actual, más convencida estaba de que exageraba enormemente.

Al llegar, no había nadie en casa.

Pero no me pareció especialmente alarmante.

—¿Por qué no te vas al baño? —me propuso Konny.

El baño parecía haber estado bajo los efectos de un bombardeo. El suelo mojado estaba cubierto de toallas, y alrededor del váter se hallaban desperdigadas un montón de herramientas, como si alguien hubiera abandonado la habitación precipitadamente.

Volví a bajar.

—¿Dónde está el pequeño? —pregunté.

Desgraciadamente, tuve la respuesta enseguida, porque justo en ese momento entró el fontanero hecho una furia. Llevaba a Konny bajo el brazo y, con la mano libre, arrastraba a *Karl*, el perro, detrás de sí.

Hizo caso omiso de nosotros y se encaminó

directamente a la cocina. Una vez allí, sentó a Konny en una silla, tiró de la correa que el perro todavía llevaba sujeta a su collar y ató a mi hermano pequeño a la silla.

Cuando hubo terminado, se dio la vuelta y dijo:

—Decidle a vuestro padre que un fontanero no es una canguro. Termino con el baño y me marcho, ¡pero no se os ocurra volver a llamarme si vuestra madre no está en casa! ¡Me da lo mismo que haya una urgencia!

Se fue al cuarto de baño hecho una furia y se puso a trabajar sin dejar de refunfuñar.

Konstantin aguardaba con los brazos cruzados.

—¡Ya te lo dije! ¡Nada de exageraciones!

—Pero ¿qué ha pasado? —le pregunté a mi hermano pequeño.

El renacuajo estaba radiante.

—¡Fue superguay! Primero me escapé yo, luego *Puschel*, luego otra vez yo y luego los dos. Y el hombre siempre consiguió encontrarnos. Sabe mucho.

—¿Dónde está papá?

—Se ha ido a comprar. Por eso le dijo a este hombre que me cuidara —dijo Kornelius.

Vaya, papá se lo toma bastante a la ligera.

—Dime, ¿por qué llevas aún el pijama? ¿Y por qué tu pantalón está mojado?

Mientras tanto, debajo de la silla, se había formado un pequeño charco.

—Estaba en el lavabo y, cuando el hombre lo sacó de ahí, me lo puse para que volviera a secarse.

Al parecer, Konstantin no había exagerado.

Ya no pregunté nada más, solté a Konny y me fui con él hacia arriba. Naturalmente, *Karl* nos acompañó: primero porque el collar se había enredado en el pie de Konny y segundo porque *Karl* seguía a mi hermano allá adonde fuera.

—Vete —le dije intentando ahuyentar al monstruo.

Pero *Karl* no reaccionó.

—Dile al perro que se quede abajo —le ordené a Konny.

—No te lo aconsejo —repuso mi hermano moviendo la cabeza con vehemencia.

—¿Por qué no?

El pequeño se inclinó hacia mí y susurró:

—No hay que quitarle los ojos de encima porque a la mínima se pierde.

—¡Ah!

Papá volvió radiante y de muy buen humor.

—Vaya, hijos, creedme, llevar la casa es una aventura. Y la compra ni os cuento. Venga, ayudadme a descargar el coche. Vais a alucinar con la buena compra que he hecho.

Alucinábamos de verdad. Papá había descubierto que hacen un descuento si se compran grandes cantidades. Y, al ver las ofertas, parece que se entusiasmó. Había comprado toneladas de comida.

Estaba atónita. Kornelius estaba encantado.

—Ahora tenemos nuestra propia tienda —dijo emocionado sin parar de rodear las montañas de comida que se apilaban en nuestra cocina. Y al rato preguntó—: ¿Puedo estar en caja?

—No lo vamos a vender —le comuniqué; aunque, de hecho, la idea no estaba nada mal. Y, dirigiéndome a mi padre, empecé a decirle con la intención de darle a entender con cuidado que debería cambiar sus hábitos de compra—: ¡Papá, esto no puede ser!

—Mamá sólo hace previsiones para un par de días —me interrumpió mi padre— y... precisamente por eso siempre se está quejando: «Ay, no paro de comprar; ay, no tengo tiempo para nada más.» Lo reorganizaré todo según nuevos criterios.

Dejé vagar la mirada por la cocina. Apenas nos podíamos mover.

—No sé si esto será la solución.

—No te preocupes, ya me encargaré de eso.

Ahora será mejor que me ayudes —dijo, y me dio un montón de frascos de condimentos.

Sonó el timbre, pero nadie se dio cuenta. Estábamos demasiado ocupados guardando las provisiones. Así que cuando Kornelius entró a la cocina diciendo: «Es para ti», me asusté.

—¡Rob! —Me había olvidado por completo de él—. ¡Un momento!

Primero tuve que colocar la canela y los clavos que tenía en la mano. Con el codo conseguí abrir la puerta del armario. Entonces, dos huevos que en realidad no tenían nada que hacer allí salieron a mi encuentro. Estaban crudos. Lo supe porque se reventaron en el suelo de la cocina. Me agaché con el ánimo de salvar lo que pudiese, pero todavía sujetaba con las manos un montón de frascos de especias. Primero tuve que colocarlos en el armario como había previsto. Volví a levantarme y me golpeé la cabeza contra la puerta del armario. ¡Hay que ver lo que dolía! Tanto que se me cayó un frasco y, al dar con el suelo, se rompió enseguida y se mezcló con los huevos crudos.

Rob aguardaba apoyado en la puerta observándome con interés. No era lo que habíamos previsto en nuestro plan, pensé, pero quizás, aún no estaba todo perdido. Desgraciadamente, mi padre entró justo en aquel momento.

—Vaya, ¡un amigo de mi hijo! Encantado de

conocerte. Soy el padre de Konny —dijo saludando alegremente a Rob con un fuerte apretón de manos.

—No soy amigo de su hijo. Estoy aquí por su hija —le corrigió Rob amablemente.

—¡Ahh...!

Mi padre estaba sorprendido de verdad.

—¡Un amigo de mi hija! —exclamó y, dirigiéndose a mí, añadió—: No sabía que ya tuvieses novio. Siempre pensé que eras más bien un patito feo.

¡Oh, no! Esto no me lo merecía. Me retorcí interiormente de vergüenza y de dolor.

—No es mi novio —le solté muy enfadada, y clavé los ojos en la mezcla de huevos-condimento.

—Bueno —dijo mi padre de buen humor—. ¡Mientras hay vida, hay esperanza!

Para animarme, me dio unas palmaditas en la espalda y me empujó hacia Rob.

—¡Qué os divirtáis! Ya lo limpiaré yo. Al fin y al cabo soy el amo de casa.

Sabía que mi padre no actuaba de mala fe, pero en aquel momento decidí que, durante el día, su lugar era el despacho, no la casa.

Sin decir ni mu me fui con Rob a la sala de estar.

Nos sentamos a la mesa y, tras sacar bruscamente mi libro de mates de la mochila y abrirlo aún sin pronunciar palabra, se lo pasé a Rob. Rob eligió un par de problemas para que los solucionara. Desgraciadamente, me había olvidado de que debía fingir ser un cero a la izquierda en mates y, en un abrir y cerrar de ojos, los problemas estuvieron resueltos.

Al cabo de un rato, Rob apartó el libro de mates y me miró fijamente.

—O sea, ¡¿qué tú necesitas clases particulares de mates?!

Me estremecí, pero acto seguido volví a recobrar la compostura y recordé las lecciones de flirteo que habíamos practicado con Liz. Esbocé una sonrisa encantadora y, con la cabeza ligeramente ladeada, miré a Rob avergonzada, pero sin dejar de pestañear.

—Síii —susurré.

—Qué amiga tan buena tienes que te monta todo eso —dijo Rob.

—Síii —susurré de nuevo. ¿Hasta dónde quería llegar?

—¿Y por qué precisamente yo?

—Por lo de la foto del anuario del insti —dije con total sinceridad.

Rob asintió.

—¿Y por la foto sabíais que yo doy clases particulares de mates?

—Eh...

Rob movió la cabeza en señal de desaprobación.

—¡Chicas! ¿No se os ha ocurrido nada mejor para tomarle el pelo a la gente?

No pude decir ni mu, pero tenía la ligera sensación de que la historia de amor no iba por buen camino.

Se levantó y dijo:

—Por cierto, quiero que me pagues los cinco euros. ¡Vuestra broma lo merece!

—Por supuesto —balbuceé y revolví los bolsillos de mi pantalón. Nada—. Dos segundos. Le pediré el dinero a mi padre —murmuré. Salí pitando y volví con un billete de diez euros.

Rob lo cogió agradecido.

—No llevo dinero encima. Mañana en el insti te devolveré el cambio. ¿Te parece?

Asentí.

Rob se quedó de pie delante de mí. ¡Qué mono era! Me miraba fijamente. Intuí que tenía que aclarar la situación.

—Oye, eso fue..., o sea, no queríamos hacerte ninguna mala jugada. Fue por mi culpa.

—¿Querías hacerte una mala jugada a ti misma?

—Eh, no, no directamente, fue por... Bueno, de todas formas no íbamos de mala fe.

Rob me miraba. Parecía algo perplejo.

—Además no fue idea mía...

Rob puso cara de contento.

—Ah, vale, ya entiendo. ¡Has perdido una apuesta!

—¿Qué? ¿Una apuesta?

Reflexioné. Era una idea bastante buena. En cualquier caso era muchísimo mejor que confesarle que quería hacer prácticas de enamoramiento con él.

—Sí, algo por el estilo. Pero no he perdido.

—¿De qué iba la apuesta?

No se andaba con rodeos.

—¿Tenías que conseguir que viniera a tu casa? —preguntó.

—No, el insti hubiera sido igual de válido.

—Ah, ya sé: quieres que te bese. Me lo conozco. No eres la primera que lo quiere.

—¿BESAR?

Rob se quedó mirando fijamente el billete de diez euros. Se encogió de hombros.

—Por cinco euros lo hago. ¿Mañana en el patio?

—¿Mañana?

—Bueno, piénsatelo —dijo. Levantó la mano a modo de saludo y se marchó.

Me quedé muda.

¿Acaso era ése un método seguro para enamorarse?

Capítulo catorce, en el que **Konny** no habla con Kim

—¡Lo que necesitáis es una asistenta! —decidió Felix con aire de experto cuando les conté el desastre a mis amigos.

Después de mucho tiempo, ayer salimos otra vez a pescar. Nosotros, solos. Al estanque, con nuestra parrilla y un paquetito de barritas de pescado. Es la situación ideal para hablar. Incluso se puede hablar de cualquier problema.

Kai estaba completamente fascinado por el afán de compra de mi padre.

—¿Veinticuatro latas de guisantes extrafinos? ¡Guau! Me encantan los guisantes. ¿Ha pensado también en comida para el perro?

—Está en contra —dije y, dirigiéndome a Felix, añadí—: Ya se lo pregunté.

—Pero *Frankenstein* necesita comer algo.

—*Karl* —me apresuré a decir para corregir a Kai, y a continuación proseguí mi conversación con Felix—. Dice que ni hablar de una asistenta. Y que él lo tiene todo bajo control.

—¡No es necesario que se entere! —comentó Felix.

—¿Quieres que sea invisible?

Los tres mirábamos fijamente al suelo. Felix y yo intentábamos solucionar mi problema. Kai probablemente seguía pensando en si daríamos de comer a nuestro perro o si mi padre lo habría prohibido rotundamente.

Felix balanceaba su caña con impaciencia.

—Hoy no pican —murmuró.

Kai se levantó de pronto y dijo:

—¡Voy hacer fuego para las barritas!

Estaba a punto de levantarme también, pero Felix me retuvo y susurró:

—La madre de Kai tiene una que es una auténtica alhaja. Pero no quiere que trabaje también para otros. Lo sé por mi madre: hace tiempo buscaba una asistenta y habló con la madre de Kai. No hubo nada que hacer. Pero a ti quizá se te ocurre algo para llegar a esa mujer.

—Lo intentaré —respondí en un susurro.

Kai hurgaba en su mochila y, al cabo de unos instantes, además de las barritas de pescado, sacó de ahí dentro una bolsa de buñuelitos.

—Pero ¿qué es esto? ¡Esto no es comida de hombres! —exclamé arrebatándole los buñuelos—. ¡Adiós a nuestra reunión de hombres! ¡Esto es peor que una tertulia de mujeres! ¡Qué vergüenza!

Felix y Kai hicieron caso omiso de mi crítica.

Felix me quitó la bolsa de la mano y se la devolvió a Kai.

—Por cierto, ¿qué tal está Kim? —me preguntó con una sonrisa maliciosa.

—¡Eh! ¿Cuál es la norma número uno?

—Nada de hablar de chicas mientras estamos pescando. ¡Sólo de temas de hombres! —dijo Kai de corrido.

—Sin excepciones. Ya es bastante grave que empecemos a comer esas porquerías.

Aunque lo cierto es que más tarde estuvimos encantados de poder comernos esos buñuelos: las barritas de pescado se nos habían quemado. ¡Lástima!

A la mañana siguiente, Kim me estaba esperando delante del instituto. Kim, a la que ya no conocía. Kim, a la que había olvidado por completo. La caprichosa Kim me estaba esperando.

—Eh, Konny, tengo que hablar contigo.

Pasé de largo esforzándome por silbar no sé qué tonadilla lo mejor que pude: volvía a tener molestias de ritmo cardiaco.

—Hoy no tengo hora de consulta. ¡Mañana! —le solté.

Llegué al aula de un humor excelente. Pero nuestro profesor de mates era más bien enemigo del buen humor, así que, cuando no llevábamos ni dos minutos de clase, me encontré fuera, en el pasillo.

El bueno de Kai me siguió poco después.

—¿Qué? ¿También te ha echado? —le dije a modo de saludo.

—No, he pedido permiso para ir al lavabo.

—¿A qué esperas entonces?

—No tengo que ir. Sólo quería hacerte un poco de compañía.

—Qué guay —dije dejando resbalar la espalda por la pared hasta quedarme sentado en el suelo.

Kai empezó a hacer lo mismo, pero, cuando estaba a punto de tocar el suelo, volvió a levantarse de repente.

—Cielos, tengo prohibido sentarme en el suelo. Llevo el pantalón recién lavado. Mi madre se queja de que la alhaja tenga que lavar y planchar a diario mis cosas porque siempre vuelvo a casa hecho un asco.

Había dicho la palabra clave. Su alhaja debería convertirse también en la nuestra.

—Oye, ¿qué te parece si hoy a mediodía te acompaño a tu casa?

—¡Qué bien que quieras acompañarme!

—¿Puedo quedarme a comer?

Así mataría dos pájaros con un tiro: una comida caliente y poder entablar una conversación con la alhaja sin llamar la atención.

Kai vaciló.

—¿Qué pasa? —le pregunté.

—Seguro que me echará una bronca.

—¿Una bronca? ¿Por qué?

Kai se encogió de hombros y dijo:

—A mi madre no le gusta demasiado que traiga a gente sin avisar.

—Oh. Hum... ¿Y qué hay para comer?

—Creo que habrá pizza.

—Bueno, pues compartimos tu pizza. Así no tendrá motivo para quejarse.

Kai se quedó pensativo durante un buen rato, pero por fin decidió que, desde luego, nuestra amistad valía media pizza.

—De acuerdo —asintió—. Ahora debo volver a entrar. ¿Tengo pinta de haber estado en el lavabo?

—¿Eh?

—Ya te dije que salí para ir al lavabo. No quiero que nadie piense que he estado hablando contigo.

Asentí con la cabeza y le dije:

—Claro que sí. Tienes totalmente la pinta de haber estado ahora mismo en el lavabo.

Al salir de clase, acompañé a Kai a su casa.

—¡Qué guay que me acompañes! —dijo con tono alegre.

—¡Cómo no! —respondí generoso.

—Pero ¿por qué quieres acompañarme?

Le di unas palmaditas en el hombro.

—¿Acaso está prohibido acompañar a un amigo a casa?

Kai negó con la cabeza.

—¡Claro que no!

—¿Seguro que habrá pizza?

Kai asintió.

La boca se me hizo agua. Me sentí como si no hubiera comido nada consistente desde hacía un siglo.

—Por cierto, ¿estará vuestra asistenta? —pregunté con aire inofensivo.

—¿Cuándo?

—Pues ahora. Cuando lleguemos a casa.

Kai se encogió de hombros.

—Normalmente a esta hora se va.

Aceleré el paso.

—¿Es simpática?

—Eh, sí —dijo Kai casi sin aliento intentando seguir mi marcha.

—¿Cómo se llama?

—Ludmilla.

—Ah.

—¿Cuántos años tiene?

Kai se encogió de hombros.

—Ni idea.

Seguimos nuestro camino en silencio. Cada uno ensimismado en lo suyo. Entonces, Kai dijo de repente:

—¡Ahí está! —exclamó señalando con el dedo a una mujer robusta que se nos acercaba—. ¿Cuántos años crees que tiene?

Me detuve de golpe.

—¿Quién dices que es?

—Pues nuestra alhaja.

Tenía que ordenar mis pensamientos rápidamente. La alhaja empezaba a alejarse, y Kai le dijo adiós amablemente con la mano.

¡Y yo quería comer pizza!

¡Pero también quería a Ludmilla! ¿Qué podía hacer?

Con aire importante, puse la mano en el hombro de Kai y dije con toda la seriedad del mundo:

—Oye, Kai, guárdame la mitad de la pizza. Primero tengo que hacer una cosa y luego pasaré por tu casa.

Kai me miró asombrado.

—¿Puedo confiar en ti? —le pregunté—. ¿La mitad de la pizza?

Kai asintió automáticamente.

—De acuerdo, hasta luego.

Y salí disparado detrás de Ludmilla.

Capítulo quince, en el que Sanny descubre que su padre le está destrozando la vida

—¿Tú pagarías por un beso? —preguntó Liz muy interesada durante la clase de mates.

—¡Chist! No grites. Sólo pensé que quizá sería una posibilidad para enamorarse...

—¡Menuda tontería!

—Pero ¿por qué? Si me besara, seguramente sabría si puedo enamorarme o no.

—¡Anda ya, Sanny! ¡Estoy absolutamente segura, convencida al cien por cien, de que ésa no es la forma típica de enamorarse! Primero te enamoras, y luego viene el beso. Deberías seguir las normas básicas.

—Sí, pero...

Liz me interrumpió.

—No, Sanny, de ninguna manera.

Me pasé toda la clase pensando en mi situación. La culpa de mi dilema la tenía mi padre. ¡Estaba clarísimo! Si no hubiera provocado ese caos con la compra y no me hubiera obligado a ayudarle, yo no habría tenido ese contratiempo con los huevos y las especias. Porque fue a partir de entonces cuando todo empezó a ir mal.

Sin mi padre, Rob se habría enamorado de mí y, por consiguiente, yo me habría enamorado de él y asunto concluido.

No había duda: mi padre estaba a punto de destrozar mi vida amorosa. Esto me tranquilizaba un poco, porque, por otro lado, tenía la sospecha de que la culpa quizá fuese mía.

Decidí hablar con mi padre.

Cuando regresé a casa, mi padre estaba echado en el sofá, roncando. Mi hermano pequeño se había sentado justo delante de él y le observaba atentamente.

—¿Qué haces? —susurré.

—¿No lo ves? Estoy mirando cómo sueña papá.

—¿Estás mirando cómo sueña?

Konny asintió.

—Si me fijo mucho, seguro que puedo ver sus sueños.

No dije nada.

—Imagínatelo, como la televisión —siguió diciendo.

—Ah.

Entonces recordé por qué había venido. Sacudí a mi padre para despertarle. Cuando empezó a parpadear, pasé al ataque.

—¡No me parece buena idea que vosotros dos os hayáis intercambiado los papeles! —gruñí a modo de prólogo.

Mi padre se sentó y esbozó una sonrisa.

—Todo lo contrario, Sanny. Creo que ha sido una idea excelente. Tu madre está contenta y yo también. Los únicos que os quejáis sois Konny y tú, y todo porque ahora tenéis que echar una mano en casa.

—¡Cuando mamá se encargaba de la casa nunca tuvimos que ayudar, y todo iba bien! ¡Ahora todo va mal!

—¡Qué va! Lo tengo todo bajo control. Bueno, excepto la ropa quizá.

—¿Qué quieres decir? —pregunté alarmada.

Mi padre se levantó y se fue en dirección a la lavadora. Yo fui tras él con desgana. Kornelius, lleno de curiosidad, nos siguió tan deprisa como pudo.

Mi padre sacó un montón de ropa de la lavadora. A primera vista me pareció que sólo había lavado la ropa de Kornelius, pero, al fijarme mejor, me di cuenta de que ahí no había sólo ropa de Kornelius, sino de toda la familia.

—Pero ¿qué ha pasado? —dijo dirigiéndose a mí con cierta indignación—. Toda la ropa se ha encogido. Sólo podrá ponérsela Kornelius, y aun así...

Pero entonces esbozó una sonrisa.

—¡Ahora ya no hará falta comprarle nada nuevo por lo menos en un año! O sea ¡menos trabajo!

Kornelius estaba encantado.

—¡Cuántas cosas nuevas! —exclamó.

Sacó una blusa de seda de color fucsia y con volantes de mi madre, se la puso delante con cara de felicidad y dijo:

—¡Me gustan las blusas con volantes!

Cogí una falda y comenté:

—¡A Kornelius le quedará de maravilla!

Mi padre simuló una mirada crítica y repuso:

—¡Este color no le queda bien!

Le miré con cara de enfado.

—¡Por lo menos no se ha desteñido nada! —añadió para consolarme.

Me di la vuelta y me fui.

Necesitábamos un cambio. Y rápido. Así no podíamos seguir viviendo.

Sonó el teléfono.

—Hola, cariño, ¿cómo estáis?

—¡Pufff! —resoplé.

—¿Qué tal vuestro padre?

—¡Ha lavado la ropa!

—¿Y qué?

—¡Se ha encogido todo!

—¡Maldita sea! —dijo mi madre—. Tu hermano pequeño debe de haber tocado otra vez los botones de la lavadora: quiere saber si la máquina es tan inteligente como para saber ella sola lo que tiene que hacer...

—Hum... No lo entiendes...

—Sanny, te oigo muy rara, ¿qué pasa? ¿Ha perdido papá los nervios?

—No, al contrario. No se altera por nada, está de superbuen humor. ¡Ama su trabajo de amo de casa!

—¿En serio?

Mi madre parecía decepcionada.

—¿Y el pequeño qué?

—Se está probando ropa mojada.

—Por lo que dices está en casa y no se ha escapado —constató mi madre, tranquila—. Entonces todo marcha bien.

Así no íbamos a ninguna parte. La conversación no llevaba a ningún sitio. Tenía que ser más contundente.

—¡Mi vida es una catástrofe!

Al fin reaccionó.

—¿Sigues preocupada porque no estás enamorada, Sanny?

Refunfuñé: había conseguido olvidarme del problema durante cinco minutos.

—¿Sabes lo que voy a hacer? Veré si encuentro algún chico simpático y le invitamos a casa, ¿vale?

—¡No! —grité. Estaba a punto de llorar.

—Sanny, he de dejarte. Tengo una cita en la obra, allí todo está patas arriba. Haz una lista con todos tus problemas y esta noche hablamos. ¿Vale? Bueno, un beso para todos. ¡Hasta luego! ¡Chao!

Colgué. Una lista con todos mis problemas. La lista podría hacer la competencia a la guía telefónica. Ahora entendía de quién había heredado yo la manía de las listas.

Mi padre preguntó con impaciencia.

—¿Qué? ¿Tiene problemas en el despacho? No es tan fácil como ella pensaba, ¿verdad?

Lo miré enfadada.

—Mamá está estupendamente.

Me fui a mi habitación hecha una furia y les bufé a *Pixi* y *Dixi*:

—¿Por qué no habéis hecho nada para que mamá no se fuera a trabajar? ¿Por qué no me habéis prevenido de papá? Deberíais haber sabido que todo estaba destinado al fracaso.

Conscientes de su culpabilidad, *Pixi* y *Dixi* no paraban de dar vueltas en el acuario.

Capítulo dieciséis, en el que **Konny** contrata una asistenta secreta

Me fui pitando calle abajo detrás de Ludmilla, la alhaja de Kai.

Al parecer, me oyó, porque de repente se dio la vuelta y, dispuesta a luchar, extendió su paraguas.

Alcé las manos para que viera que iba desarmado y, aunque jadeando y con la lengua fuera, conseguí decirle:

—Hola, Ludmilla.

Bajó el paraguas y me miró sorprendida.

Todavía jadeando, repetí:

—Hola, Ludmilla. —La verdad es que no tenía aliento para más.

—¿Qué querer? —espetó con rudeza.

—Soy amigo de Kai.

—Allí —dijo asintiendo con la cabeza—. Kai.

—Y quería preguntarle si puede usted ayudarnos.

Me miró con ojos de asombro.

—Bueno, quiero decir, ayudar a mi familia. Cocinar, recoger, la ropa y así.

Ludmilla se quedó observándome con desconfianza. Me desconcertaba. Tenía algo que me intimidaba.

Finalmente, dije casi balbuceando:

—Quería preguntarle si puede usted trabajar para nosotros.

Siguió mirándome con cara de enfado.

Pero no tiré la toalla.

—Vivimos cerca de aquí. Lo mejor será que venga conmigo y le enseñe la casa.

Asintió con la cabeza.

Cuando por fin llegamos a casa, ya me sentía más aliviado.

—Vivo aquí.

Se quedó unos instantes contemplando la casa y dijo:

—¿Y?

Antes de que pudiera explicarle nuestra situación en casa para que entendiera que necesitábamos su ayuda, Konny dobló la esquina a toda pastilla, seguido por Sanny. Y detrás de Sanny vino *Karl* a galope.

Konny y *Karl* se lo estaban pasando bomba; Sanny, en cambio, gritó enojada:

—¡Para y devuélveme la ropa!

Konny llevaba una blusa de color fucsia con volantes y una minifalda estampada bastante llamativa. Ambas cosas estaban chorreando. Fuertemente apretado contra el cuerpo sujetaba un montón de ropa que parecía pertenecer a mi madre o a Sanny.

Karl me vio y se encaminó a grandes zancadas a la entrada del jardín, donde estábamos Ludmilla y yo.

Presa del pánico, me aparté a un lado para que *Karl* no me tirase al suelo.

Ludmilla se colocó en mitad del camino y gritó:

—*Hara!*

Karl frenó y se detuvo a tiempo. Ludmilla, firme como una roca, lo miraba de arriba abajo con ojos severos. El perro gimió y se tumbó en el suelo. Le entendí perfectamente. Si Ludmilla me hubiera mirado de ese modo, también yo me habría quedado petrificado y habría soltado algún gemido. Estaba muy impresionado. Era justo la mujer que necesitábamos.

La miré radiante.

—¡Caramba! ¡Qué fuerte! ¿Cómo lo ha conseguido?

—Todos los *herros* en Minsk me obedecen.

Asentí. La creí a pies juntillas.

Sanny llegó corriendo en busca de Konny y se quedó mirando a Ludmilla con cara de asombro.

—Son mi hermana y mi hermano pequeño —dije a modo de presentación—. Nuestra madre trabaja y necesitamos a alguien que se ocupe de nosotros.

—¿Dónde estar padre?

Vacilé unos instantes y, por fin, negando con la cabeza declaré:

—No tenemos.

Ludmilla enarcó las cejas. Parecía ser un ligero gesto de amabilidad.

—Y por eso quería preguntarle si puede ayudarnos —insistí—. Claro, pagando —creí oportuno añadir.

¿Cómo pagaríamos? Ya lo pensaría más adelante.

Pero al parecer lo del dinero no tuvo una importancia decisiva. Lo que la convenció fue más bien el aire caótico de nuestro grupo.

Ludmilla nos miró uno tras otro y entonces tomó el mando.

—Tu dar ropa seca a tu hermano —le dijo a Sanny—. Y tú enseñarme dónde estar cocina —dijo dirigiéndose a mí.

Sanny estaba bastante confusa.

—Pero ¿qué está pas...?

Con un ademán, Ludmilla hizo callar a Sanny.

—Hago comida —dijo con tono enérgico acercándose a la casa.

Sanny me miró.

—¡Me debes una! —le dije esbozando una sonrisa.

—¿A qué viene esto? ¿Quién es?

Sonreí.

—¡Nuestra asistenta nueva! ¡Una asistenta secreta!

Sanny se quedó de una pieza.

—¿Qué?

Sonreí todavía con más ganas y exclamé:

—¡Así todos nuestros problemas están resueltos!

Sanny reflexionó. Entonces se relajó.

—Quizá no sea tan mala idea.

—¡Claro, ha sido idea mía!

Sanny movió la cabeza en señal de aprobación. Pero de pronto recordó algo, su cara se ensombreció y me gritó:

—¡¿Conque no tenemos padre?! Pero ¿qué te has creído?

—¡No te pongas así! ¿Qué otra cosa podía decir?

—¿Qué tal la verdad?

Me encogí de hombros con aire desenfadado y exclamé:

—¡Para eso hay tiempo todavía!

—No mucho. Papá está en la sala hojeando libros de cocina.

Entré en la casa disparado.

Ludmilla ya estaba en la cocina. Me fui a la sala. Mi padre estaba con los codos apoyados en la mesa absorto en un libro de cocina y no se dio cuenta de mi presencia. Volví a cerrar la puerta poco a poco, sin hacer ruido. Ahora sólo tenía que pensar en el modo de alejar a Ludmilla de mi padre y viceversa.

Por si acaso, cerré la puerta de la sala con llave.

Desgraciadamente, esta idea tenía un pequeño inconveniente.

Al rato, cuando Sanny, Konny y yo estábamos sentados a la mesa comiendo muy a gusto, Ludmilla agarró una escoba y se precipitó hacia la puerta de la terraza. Al volverme vi a mi padre al otro lado de los cristales gesticulando desesperadamente para que le dejáramos entrar. Sin embargo, al ver la reacción de Ludmilla se asustó y huyó corriendo.

Al cabo de un minuto, cuando sonó el timbre, supe que en realidad mi padre no había huido, simplemente había ido a dar la vuelta a la casa para intentar entrar por la puerta principal.

Me levanté de golpe.

—Ya voy.

Mi padre estaba totalmente indignado.

—Oye, ¿a qué ha venido eso? Me habéis encerrado en la sala y...

—Sólo por tu bien —le dije con calma—. Para que no te moleste siempre el pequeño.

Poco agradecido, mi padre continuó:

—... y luego esa mujer me amenaza con una escoba. En mi propia casa. Pero ¿quién es?

—Eh, alguien... Del instituto.

—¿Del instituto?

Asentí tratando de pensar algo a toda prisa.

—Exacto. Del instituto. ¡Una... una profesora! Una profesora de nuestro colegio.

—¿Y qué enseña?

—Ruso.

—¿Tenéis ruso?

Asentí apasionado.

—¿Y por qué en nuestra cocina?

Respiré hondo.

—Ella, eh... bueno, hoy nos enseña cocina rusa.

—¿En nuestra casa?

Me encogí de hombros.

—En el insti no tenemos cocina.

Mi padre bajó la mirada.

—Voy a ponerme una camisa limpia y luego saludaré a vuestra profesora.

Subió las escaleras. No parecía muy prometedor.

Agotado, me senté en un escalón de las escaleras y reflexioné. A decir verdad, la cosa resultaba algo más complicada de lo que había creído.

Sanny apareció en el recibidor.

—¿Dónde está papá?

—Arriba. Se está cambiando.

—¿Por qué?

Esbocé una sonrisa.

—Quiere impresionar a nuestra profe de ruso.

—¿Tenemos una profe de ruso?

Señalé con la cabeza en dirección a la cocina, donde Ludmilla estaba recogiendo la mesa.

La mujer era realmente fantástica, porque la cocina ya volvía a estar impecable.

—Bueno, yo irme. Venir mañana. Mismo tiempo. ¿Aquí?

Asentí, y Ludmilla se marchó.

—Lo de una asistenta secreta es una idea totalmente idiota.

—Eh, ¡que fue idea mía!

—Lo que estoy diciendo: idiota. No conseguirás mantener a papá eternamente alejado de esa mujer.

—Bueno, ya me he dado cuenta de eso. Pero papá no tiene por qué saber qué es lo que ella está haciendo aquí.

—¡No me digas! ¿Y cómo le explicarás que todo está siempre recogido y la ropa lavada y planchada?

Antes de que pudiera contestar, volvió a aparecer mi padre.

—¿Dónde está vuestra profesora de ruso?

—Ya se ha ido. Saludos de su parte.

Parecía decepcionado.

—Bueno, entonces recogedlo todo, por favor.

Sanny y yo nos miramos. Ya estaba todo superbien recogido.

Papá se fue a la cocina. Sanny y yo contuvimos la respiración y entonces le oímos decir:

—Oh, pero si ya lo habéis hecho.

—¿Lo ves? —murmuré—. ¿Dónde está el problema? Sólo hay que saber cómo manejarlo.

—No saldrá bien —refunfuñó Sanny, y desapareció.

Capítulo diecisiete, en el que Sanny y su madre tienen una conversación seria

A la larga, la asistenta secreta de Konny no fue ninguna solución. Y mi padre, definitivamente, generaba demasiado caos y exigía demasiada colaboración por nuestra parte. Tenía que hablar con mi madre. Seguro que simplemente pretendía darle una lección a mi padre. Tenía que averiguar cuánto tiempo teníamos que aguantar y cuándo la cosa llegaría a su fin.

—Hola, cariño —me dijo mi madre al día siguiente en el desayuno—. ¿Todo va bien?

—Bueno. ¿Y tú? ¿Te gusta tu trabajo en el despacho?

—Muchísimo. Me siento otra persona.

—¡Qué bien! ¿Cuánto tiempo quieres seguir todavía así?

—¿A qué te refieres?

—Bueno, ¿cuándo crees que papá habrá entendido de qué se trata y cuándo volverás a casa?

—Mira, Sanny, aunque tu padre cambie de opinión, yo seguiré en el despacho.

Respiré hondo. No sonaba nada bien.

Con la mirada ensimismada dijo:

—¿Sabes?, creo que en cierto modo provoqué esta pelea adrede porque estaba harta de pasarme la vida en casa sin que nadie me diera nunca las gracias ni reconociera mi trabajo. Llevar una casa es una tarea muy ingrata. Nunca hay elogios. Sólo te dicen algo cuando las cosas están como no deberían estar; entonces llueven las protestas. En conclusión: no es nada divertido. No pienso volver a llevar la casa.

Se volvió hacia mí y me ofreció una sonrisa radiante.

Me quedé mirándola fijamente y le pregunté:

—¿Estás segura, mamá?

—Oh, sí.

Y se sirvió una taza de café tarareando alegremente.

Era peor de lo que había esperado.

—¿Y nosotros qué? —pregunté desesperada.

Mi madre me miró sorprendida.

—¿Cómo que «vosotros qué»? Pero si no tiene nada que ver con vosotros.

—¡Sí, pero si tú ya no estás...!

—¿Estás pensando en cuando me haya muerto o lo que te preocupa es quién os preparará el desayuno?

Desde luego, mi madre podía ser bastante sarcástica.

No dije ni mu: estaba realmente ofendida. Mi madre se acercó y me cogió por el hombro.

—Sanny, no me digas que esto es una catástrofe para ti. Hay muchas madres que trabajan. ¡Y vosotros, al fin y al cabo, tenéis la ventaja de tener a vuestro padre en casa!

—¡Pufff! ¡Si a esto lo llamas ventaja! —le solté—. Parece el caos en persona.

—Venga, no seas así. Dale una oportunidad. Seguro que le saldrá bien.

La miré con cara de sufrimiento.

—Tenéis que ayudarle un poco —prosiguió mi madre—. Además, hay un montón de cosas que ya sabéis hacer solitos. En realidad, yo lo hacía absolutamente todo. Las veinticuatro horas del día. Y ahora ya no hace falta. Tenéis edad para ocuparos de la mayoría de las cosas vosotros mismos.

—¿Y Konny qué?

—Si pensara un poco menos en las chicas, le quedaría el espacio mental suficiente para aprender a manejar la lavadora, la aspiradora, la...

—Me refiero al Konny pequeño —le aclaré interrumpiéndola.

—Ah, bueno, Puschel.

—¡Creía que *Puschel* era el perro!

Mi madre suspiró.

—Quería decir Kornelius. ¡Me imagino que un solo niño no será un gran problema para tu padre! Además, vosotros también podéis ocuparos de él de vez en cuando.

—Pero es lo que hacemos mamá. ¿Qué crees que pasaría si no lo hiciéramos? No tienes ni idea de lo pesado que es.

—Por lo menos ya no se escapa.

—¡No estoy hablando del pequeño, sino de papá! —exclamé.

Mi madre se rió.

—¿Y el perro? —pregunté.

—Es asunto de Konny. Él lo trajo a casa —decidió mi madre sin pensárselo dos veces.

Respiré hondo y dije con frialdad:

—Bueno, entonces está todo arreglado. Lo que importa es que tú estés bien.

—Gracias por tu comprensión, cariño. Tengo que irme.

Me plantó un beso en la mejilla y se marchó.

Estaba de mala leche. Pero ¿cómo había podido? ¿Cómo podía estar de tan buen humor mientras en casa estaba todo revuelto. ¿Cómo podía dejarnos en la estacada de ese modo?

Medio dormido, Konny entró a la cocina.

—Papá parece estar pegado a las sábanas todavía —comprobó echando una ojeada a su alrededor.

Me encogí de hombros. Me daba lo mismo. Todo me daba lo mismo.

Ni siquiera era capaz de enamorarme. Por no

hablar de conseguir que un chico se enamorara de mí. ¡Vaya asco de vida!

Eché la cabeza hacia atrás y miré a mi hermano, abstraída.

—Pero ¿qué mosca te ha picado? —quiso saber Konny.

—A mamá le encanta ir a trabajar. ¡No dejaría el despacho aunque papá se lo suplicara de rodillas! Así que tenemos que seguir viviendo como esclavos domésticos.

—Oye, yo por mi parte intenté solucionar la cosa.

Le miré con cara de interrogante.

—¡Ludmilla! —me recordó—. Seguro que si tú te apuntas, la cosa saldrá bien. ¡No puede ser tan difícil mantener a papá y a Ludmilla alejados el uno del otro!

Lo miré pensativa: Ludmilla volvería a poner orden en nuestra casa, y quedaríamos dispensados de nuestras obligaciones.

—De acuerdo, me apunto. Intentémoslo con Ludmilla.

Konny estaba radiante. Se acercó a la fuente de fruta, que después de la oferta que había descubierto mi padre más bien merecía el nombre de «fuente de plátanos», cogió un plátano y me lo lanzó.

—Toma, para el recreo, en lugar del sándwich.

—Qué bien, uno menos. Así sólo nos quedan cuarenta y nueve por comer.

Entonces Konny tuvo una idea.

—Oye, nos los llevamos y los vendemos en el insti. Ahora necesitamos dinero urgentemente.

Capítulo dieciocho, en el que **Konny** tiene otra oportunidad con Kim

Recorrí el camino hacia el instituto supercargado con nuestra provisión de plátanos.

—Lo mejor sería que lográsemos sacar a papá de casa cuando estuviera Ludmilla.

—Siempre y cuando podamos conseguir el dinero para pagarla —dijo Sanny sombría.

Así pues, el dinero era nuestro mayor problema. ¿De dónde sacaríamos lo necesario para pagar a Ludmilla? ¿De la venta de los plátanos en el patio? Si, por ejemplo, cobráramos diez euros por plátano serían... Mientras aún estaba haciendo mis cálculos, un chico se acercó a mi hermana, le entregó cinco euros y desapareció. Cuando vio que la observaba con cara de interrogante, murmuró algo acerca de no sé qué clases particulares y de diez euros de papá.

¡Claro, ésa era la solución!

—Sanny, ya lo tengo. Necesitamos clases particulares, muchas clases particulares.

—¡Eso tú, yo no!

—Oh, Sanny, no entiendes nada. Sería la solución para nuestro problema de dinero.

—¡¿No me digas?!

—Papá pagaría nuestras clases particulares. Pero en realidad estaría pagando a Ludmilla.

Algunos chicos nos adelantaron y lanzaron una mirada burlona sobre el fajo de plátanos que llevaba.

—Eh, mira, los monos ya vienen con el desayuno al insti —dijo uno de ellos.

Fingí no haberle oído.

Era preciso convencer a Sanny. Pero antes de seguir explicándole mi idea, vi a Kim. ¿No teníamos algo pendiente? Ah, sí, el día anterior Kim quería hablar conmigo. La había tenido en vilo durante un día, así que ya podía ser generoso.

Le di los plátanos a Sanny y me fui pitando detrás de Kim.

—¿Querías hablar conmigo?

Sin mirarme dijo:

—Eso era ayer, no hoy.

Kim continuó andando, yo la seguí.

—Pero ¿qué querías decirme?

Kim no contestó, así que insistí:

—Oye, ya sé que a veces soy un poco tonto, pero créeme, no puedo influir en eso, viene solo.

Kim se detuvo, pero no me miró.

—Es decir... —Vacilé un momento. De hecho, no tenía nada que perder, así que proseguí—: A decir verdad, sólo me pasa contigo. Me imagino que será porque... bueno, de alguna manera me caes muy bien.

—Y yo quizá no te encuentro tan estúpido...

¿Era esto una declaración de amor por parte de Kim?

—Entonces, si quieres, podríamos ir un día juntos al cine o a comer helado o así.

—Vale.

La miré con incredulidad.

—¿En serio? —chillé—. O sea, si lo quieres de verdad no te digo que no. Soy como cera en las manos de una bella mujer...

—¡Aj! —hizo Kim—. No lo soporto.

Me dejó y se marchó.

Corrí tras ella. No era fácil conseguir que se detuviera de nuevo. Pisaba el suelo del patio con tanta furia que creí que el asfalto se rompería en cualquier momento.

—Kim, por favor, espera. Tengo que hablar contigo —supliqué por tercera vez.

Cuando finalmente me miró, me mareé y los latidos de mi corazón empezaron a fallarme. Me puse la mano en el pecho.

Kim se dio cuenta y preguntó:

—¿Qué te pasa?

—No sé, a veces mi corazón pierde el ritmo.

Kim parecía interesada en el tema.

—¿Cuándo por ejemplo? ¿En el educación física?

Negué con la cabeza.

—¿En los exámenes de mates? —siguió preguntando ella—. ¿Cuando has comido demasiadas patatas fritas?

Negué de nuevo.

—Sólo cuando hablo contigo.

Kim me miró. Yo la miré. Kim sonrió. Yo sonreí. Mi corazón volvió a latir. Pero dos veces más rápido.

—Sólo empleaba esas frases para impresionarte. Porque me molas.

—Te esfuerzas de verdad.

Asentí con la cabeza y aseguré:

—Y no abandono.

—Eso sí que es cierto.

—¿Sigues pensando que soy un imbécil?

Kim negó ligeramente con la cabeza.

—No. En realidad nunca he pensado que fueses un imbécil. E incluso me caerías muy bien si te olvidaras de esas fracesitas estúpidas.

Me miró a los ojos.

De nuevo, temí que volviera a fallarme el corazón. No obstante, valientemente le devolví la mirada.

—De verdad, me caes superbien —repetí por si acaso. Respecto a mis frases, no quería hacer ningún comentario y, sobre todo, nada de promesas.

Kim se acercó un poquito y me dijo en voz baja:

—Tú también me caes muy bien.

¿Y ahora qué? ¿Besarse? ¿En medio del patio?

—Mañana vamos al cine —oí, de repente, que decía mi voz.

Al parecer, Kim se esperaba algo diferente, y dio un paso hacia atrás.

—Eh, hum..., vale. Mañana vamos al cine. Está bien.

Estaba radiante.

—¡Genial! Entonces hasta mañana.

Kim asintió.

Felix y Kai alucinarían cuando se lo contara.

Capítulo diecinueve, en el que Sanny intenta engatusar a Rob con un plátano

Estaba sola. Bueno, casi. Al fin y al cabo sujetaba unos cuarenta y nueve plátanos, aproximadamente. A cierta distancia estaba Rob con unos amigos sonriendo. ¿Era por mí? ¿Me dedicaba una sonrisa? ¿O más bien se estaba burlando? Me di la vuelta. Tal vez, detrás de mí había alguien haciendo muecas.

Detrás estaba Liz.

—Hola, Sanny, ¿adónde vas con eso?

—¡A dar comida a los monos!

Liz me dio un fuerte codazo.

—Eh, mira, allí está Rob.

—Ya sé. Acaba de estar aquí.

—¡No me digas que te ha dado un beso! —exclamó Liz asustada.

—No.

—Entonces vamos a recuperar tus cinco euros.

—Ya los tengo.

—¿Cómo que ya los tienes? ¿Y?

—Nada. Me los ha dado, y eso es todo. Creo que esto significa que no piensa darme ningún beso.

—Pero ¿qué te ha dicho?
—Nada.
—¿Y tú qué le has dicho?
—Nada. Estaba mi hermano. No pude decirle nada.
—Entonces, ¿quieres olvidarte de Rob?
—No. ¿Por qué? —*Pixi* y *Dixi* no habían dicho nada en contra—. ¡Voy a darle otra oportunidad!
—¡A ti! —me corrigió Liz—. ¡Vas a darte otra oportunidad a ti no a él!
—Da lo mismo. Voy a verle y lo intentaré de nuevo.
—¿Con un puñado de plátanos?
—Le ofreceré simplemente un plátano.
Con paso firme, atravesé el patio.
—Hola, Rob, ¿te apetece un plátano?
Ya había dejado de sonreír.
—¿Qué tipo de acción es ésta?
—Es la acción «Comed más fruta». La administración del instituto nos encargó la promoción.
—Ah, creía que se trataba de la acción «Cómo engatusar a un chico».
Los chicos que lo acompañaban se tronchaban.
—¡Pues no, ésa no empieza hasta la semana que viene! —dije con tono mordaz; me di la vuelta y me marché.

¡Maldita sea! Abandoné el patio al paso de la oca. *Pixi* y *Dixi* habían fracasado por completo. Me habían empujado a los brazos de Rob a pesar de no ser el chico adecuado.

Estaba enfadada, muy enfadada. Con los peces, con mi hermano —¡ese niñato y la idea de los plátanos!— y con Liz por no haberme impedido que fuera. De alguna manera, también era culpa suya.

Liz me alcanzó con la lengua fuera.

—¡Eh, para! ¿Adónde vas?

Miré a Liz.

—¡Ha sido horrible! —le grité.

Liz me miró con unos ojos como platos.

—Pero ¿por qué? Habéis hablado, ¿no?

—Liz, he sido el hazmerreír de todos —dije dejando caer la mirada sobre los plátanos que llevaba encima.

—Oh, yo no lo diría.

Liz posó también la mirada sobre los plátanos y murmuró:

—O quizá sí....

La miré enojada.

—Sanny, más vale que te lo quites de la cabeza. Venga, tenemos que entrar. Ya ha sonando el timbre. Repartiremos los plátanos en el aula y listo.

La seguí a regañadientes. Era para llorar.

«¿Por qué no puedo enamorarme?» Estaba en mi habitación intentando reflexionar. Quería saber lo que se siente estando enamorado. Justo cuando estaba a punto de preparar un nuevo examen para mis peces, entró Liz. Sorprendida, me aparté del acuario.

—¿No te parece que les das demasiada comida a tus peces? Ya están como bolas.

—No —contesté enfadada—. Tienen que ser así. ¿Cómo has entrado? —le pregunté extrañada; no había oído el timbre.

—La puerta estaba abierta.

—¿Qué?

Me levanté de golpe.

—¿Dónde está Kornelius?

Liz hizo un gesto con la mano y se dejó caer sobre mi cama.

—Que no cunda el pánico. Lo traje conmigo. Estaba con vuestro perro en el jardín de vuestros vecinos.

—No es «nuestro» perro. Konny ha....

—¿Qué más da? El caso es que el pequeño estaba en el jardín mirando cómo el perro cavaba un hoyo.

—¿En un jardín ajeno?

—Sí, Konny dijo que en vuestro jardín estaba prohibido y por eso cavaba allí.

Suspiré hondo.

—Menos mal que lo has traído.

Liz asintió.

—No ha sido nada fácil. No quería marcharse hasta haber terminado un túnel que llevase a la otra acera.

—¿Qué? ¡¿Está totalmente chiflado?!

Liz esbozó una sonrisa.

—Dijo que no le dejaban cruzar la calle solo y que a él le apetecía llegar a la otra acera, así que había pensado que *Puschel* podría cavarle un túnel.

Me levanté de golpe y corrí hacia la puerta.

—¿Y ahora dónde está?

—¡Calma! Está abajo, en el jardín. Le he sentado delante del aspersor del césped. Ahora está esperando a que aparezca un arco iris.

—¿Cómo se le ha ocurrido?

—Bueno, para serte sincera, ha sido idea mía. He pensado que así estaría quieto y ocupado por un rato.

Asentí.

—Muy bien.

—¿Has acabado? —preguntó Liz levantándose.

Queríamos ir al cine a ver una película de amor. Quizá podría aprender algo.

Empezamos a bajar la escalera. En la casa reinaba el silencio. No había nadie más que Konny:

estaba frente al espejo del recibidor practicando miradas guays.

Liz y yo nos reímos para nuestros adentros. Por el instituto corría el rumor de que tenía una cita con Kim.

—¿Dónde está papá? —le pregunté.

—En el veterinario.

—¿En el veterinario?

Konny había mandado a nuestro padre al veterinario justo antes de que llegara Ludmilla.

—¿Y qué le has dicho? ¿Con qué pretexto?

—Le he explicado que *Karl* parecía estar un poco depresivo.

—¡No me digas! ¿Se lo ha tragado?

—No. Me ha dicho que eso era una tontería, pero que en cualquier caso no estaría de más que le echasen una mirada al perro, por si tiene pulgas o algo así.

—¿El perro tiene pulgas? —me apresuré a preguntar.

—No, Sanny... Ahora no tengo tiempo de charlar. He de concentrarme —repuso Konny volviéndose de nuevo hacia el espejo.

Liz y yo nos fuimos al cine.

La película no me ayudó mucho. Ya me sabía todos los trucos. Pero ¿por qué había salido mal?

No entendía nada en absoluto: Konny se equivocaba en todo lo imaginable, y en cambio tenía éxito.

¿Y yo? Actuaba con sistema, tocaba todos los registros del arte de engatusar, y fracasaba. ¡Era taaan injusto!

Me acerqué al acuario. *Pixi* y *Dixi* tenían que ayudarme. Busqué el frasco de su comida, pero sólo encontré algunas migas de galleta. ¿No tenía claro que el juego-pregunta-respuesta funcionara con eso, pero no me quedaba más remedio: tenía que comprobarlo.

¿Debo dejar a Rob de una vez por todas o tengo que seguir intentándolo?

¡Devoraron las migas! Pero ¿qué significaba eso? Reflexioné durante unos instantes, pero no llegué a ninguna conclusión, así que decidí llamar a Liz.

Pero antes de que yo abriese la boca, dijo:

—¡Qué bien que me hayas llamado! Adivina a quien me he encontrado en el camino a casa.

—Ni idea.

—¡A ROB!

Tragué saliva.

—¿Y?

—Le he preguntado si está enamorado de ti.

Empecé a marearme y tuve que sentarme.

—Ahora ya sé en lo que fallábamos —dijo Liz.

Aún no me había dicho lo que Rob había contestado, pero no me atreví a preguntárselo.

—Rob cree que uno no se puede enamorar a la voz de ya.

Vale, pero ¿estaba enamorado de mí o no?

—Rob ha dicho que la cosa tiene que seguir su rumbo natural. Por ejemplo cuando las dos personas se encuentran por casualidad, o cuando tienen intereses en común: les gusta el teatro, el hockey, el tenis, los helados, participar en el periódico de la escuela o cosas por el estilo. Entonces se va conociendo mejor a la otra persona y, si se acaba viendo que te cae mejor que todas las demás, probablemente te enamoras de ella.

Liz hizo una pausa y dijo entusiasmada:

—¿Qué te parece, Sanny? Es genial, ¿no? Nunca hubiera pensado que a un chico pudiera ocurrírsele algo semejante. Hay que enfocar la cosa con naturalidad y contar con la casualidad.

—Sí, muy bien, pero ¿está enamorado de mí o no?

—No, claro que no.

No dije nada más porque tuve que tragar saliva.

Podría haberse ahorrado el «claro que no».

Liz entendió mi silencio.

—Pero hay que ver el lado positivo. Hemos aprendido un montón y la próxima vez no nos vamos a equivocar. ¡Y ahora también me apunto yo! También quiero enamorarme. ¡Todo esto es tan excitante!

Colgué. Para mí ya no habría una próxima vez. A partir de ahora la lista con las 1.000 razones sería mi Biblia.

Se acabó.

Y *Pixi* y *Dixi* ya podían buscarse la vida. ¡Menudo engaño!

Capítulo veinte, en el que **Konny** da su primer beso

Por fin: el día del cine Kim-Konny había llegado.

Había elaborado un comportamiento especial para impresionarla. No dejaría nada en manos de la casualidad. No iba a comportarme tan tontamente como el día anterior. Kim conocería mi lado guay, irresistible, encantador. Quedaría prendada de mí y se enamoraría locamente. Estaba seguro.

¡La cogeré de la mano, le acariciaré el hombro y la besaré! ¡Sí, señor!

Desgraciadamente, con sólo pensarlo ya me mareaba un poco y me sentía algo débil.

Yo vivo más cerca del cine que Kim, así que fue ella quien pasó por mi casa a recogerme.

Cuando sonó el timbre, abrí con tanto ímpetu, que me golpeé con la puerta en el hombro. ¡Ufff, qué dolor!

—¡Hola Kim, sol de mi corazón!

Kim hizo una mueca. ¡Maldita sea! Había olvidado que no le gustaba oír estas cosas.

—Me alegro de que hayas venido. Tengo muchas ganas de ir al cine —rectifiqué rápidamente.

Kim asintió con satisfacción.

De acuerdo, un punto para mí.

—¿Nos vamos? —le pregunté.

Tenía un poco de prisa. Kai y Felix esperaban frente al cine para verme por fin en acción. Seguro que ahora Felix dejaría de tirar pullas. Quería que viera con sus propios ojos cómo entraba al cine con Kim.

—Vale —dijo Kim—. Vamos por el parque.

—Pero daremos mucho rodeo.

Kim se encogió de hombros y dijo:

—No importa. Es más romántico.

Ah, el romanticismo. Bueno. Entonces el número romántico. Pero ¿cómo iba? Ni idea. Hasta el momento nunca había habido demanda de romanticismo. Pero quizá Kim supiera cómo va el romanticismo. Miré a Kim. Era realmente mona. Lástima. Si hubiera sido un poco menos mona, no habría estado tan nervioso. Y, probablemente, no me habrían sudado tanto las manos.

Nos fuimos. Uno al lado del otro. En silencio.

Mientras andábamos, la mano de Kim rozó dos veces la mía. Para que no volviera a pasar, me metí la mano en el bolsillo, por si acaso.

—Si quieres, puedes cogerme la mano —murmuró Kim.

Vaya, me habría encantado hacerlo, pero, por desgracia, la palma de mi mano había pasado de estar húmeda a estar mojada y temí que resbalara al coger la mano de Kim.

—Hum... Gracias —dije—. No hace falta.

Kim me miró de reojo, y supe que mi repuesta no había sido muy buena. Pero aún pude salvar la situación.

—Preferiría cogerte por el hombro.

Kim sonrió con aire conciliador. La cogí por el hombro.

Por desgracia, no lo conseguí a la primera. Parece muy fácil, pero no lo es en absoluto. Primero intenté cogerla por el hombro por detrás, pero como Kim siguió andando di un paso en el vacío.

—¿Puedes parar un momento?

—¿Por qué? —preguntó ella.

—Ah, olvídalo.

Entonces intenté atacar por delante y, si Kim no hubiera bajado la cabeza con la rapidez de un rayo para dar paso a mi brazo, seguro que ahora tendría la nariz ensangrentada.

Cuando finalmente logré pasarle el brazo por detrás y me disponía a cogerle el hombro con desenvoltura, recordé que tenía la mano supermojada.

—No me importa que me coloques la mano en el hombro.

—Bajo tu responsabilidad —dije para ser justo. No quería llevarme una bronca si le quedaba la huella de mi mano sudorosa en la blusa.

Kim sonrió.

—Eres muy divertido.

No estaba de acuerdo en absoluto, pero qué más daba.

—¿Todo bien? —preguntó Kim.

—Todo bien —dije dejando escapar un suspiro.

Por cierto, ¿cuánto tiempo había que dejar el brazo así, encima del hombro?

Ojalá entráramos pronto al cine.

Estaba empezando a lamentar haberles pedido a Kai y Felix que vinieran. La idea de que los dos me vieran me desconcertaba. Pero quizá me acostumbraría al brazo ligeramente torcido que descansaba en el hombro de Kim.

Ya me imaginaba los estúpidos comentarios de Felix. Tuve la sospecha de que las amistades entre hombres no armonizaban con el enamoramiento.

—¿Por qué estás tan nervioso? —preguntó Kim—. ¿Es culpa mía?

—¡Qué va! ¡No tiene nada que ver contigo! —le dije para tranquilizarla.

Pero al ver la cara de decepción que puso, tuve la impresión de que había esperado una respuesta distinta.

¡Ojalá llegáramos pronto!

Al llegar al cine, retiré el brazo del hombro de Kim a tiempo y acto seguido me sentí mucho mejor. Busqué con la vista a Kai y Felix, pero no vi a esos dos serenos por ninguna parte. Daba igual.

Kim y yo no habíamos hablado de qué película queríamos ver. Hacían *1.000 maneras de morir como un héroe*. Era el éxito de público por antonomasia.

Cuando le propuse esta película, me miró sorprendida.

—Ese tipo de películas no me gustan. ¡Ni hablar! Hacen *El amor es algo maravilloso*. Quiero ver ésa.

La miré y tragué saliva. Antes de ver una película así prefería hacer un examen de mates.

—Eh, de acuerdo —dije—. Voy a comprar las entradas.

Kim contemplaba el póster de su película de amor con ojos soñadores. Yo me fui a la taquilla y reflexioné. Si de verdad amaba a Kim, entonces vería esa película sensiblera por ella.

—Dos para *1.000 maneras de morir como un héroe* —dije.

Vaya. ¿Qué había pasado? Antes de poder corregir mi error ya tenía las entradas en la mano. Hum... Pero no hacía falta que se lo dijera a Kim.

Entramos al cine. Ni rastro de Kai y Felix.

La película empezó, y Kim enseguida se dio cuenta de lo que pasaba.

Pero la calmé.

—Lo siento. No había entradas para la otra película. Y sólo quiero estar contigo en el cine. La película es lo de menos.

—Qué bonito —dijo, y se me acercó un poco más.

Estaba triunfando.

Pero Kim había interpretado mal mi frase acerca de que la película era lo de menos: creyó que no me importaría hablar todo el rato. Y fue lo que hizo. Cada dos minutos susurraba, preguntaba algo, y yo estaba empezando a ponerme de mal humor. Maldita sea. Quería ver la película y no quería hablar.

Pero, claro, Bond también habría reaccionado de manera cortés y encantadora.

Justo en el momento en que el héroe salía disparado a toda velocidad del puente montado en su coche, percibí de nuevo la voz de Kim en mi oído.

Susurré amablemente un «¡Cómo no!» y recibí un beso. ¡Maldita sea! ¿Qué estaba pasando? ¿Acaso me acababa de preguntar si podía besarme? ¿Y qué había pasado con nuestro hombre? ¿Había logrado escapar? ¡Increíble! Me había perdido la mejor escena de la película. A ese tío le habían colocado una bomba en el coche y serrado los cables de los frenos, habían cubierto el puente con aceite resbaladizo y habían manipulado la barandilla de tal forma que con el más mínimo temblor se iría todo al garete y, de postre, en las orillas aguardaban tiradores de alta precisión. Y justo cuando el coche se precipitó al abismo, explotó en el aire, recibió una lluvia de balas y, al aterrizar en el agua, fue arrastrado por la corriente y atacado por una manada de tiburones que apareció de repente, justo entonces Kim me besó.

No podía creérmelo. ¡No tenía la más mínima sensibilidad para este tipo de películas! Cuando el héroe está en peligro, no se besa a nadie. Hay que aguardar con atención cómo se sale de una situación tan crítica.

Suspiré y, enojado, me dejé caer en mi butaca. Entonces reaccioné. ¡Kim acababa de besarme! ¡Dios mío! ¡No me lo podía creer! Me había perdido mi primer beso.

Intenté recordar el momento y pasar revista a la escena. Nada. Siempre se entremezclaban coches que volaban y bombas que explotaban. ¡Mierda, mierda, mierda!

¿Y si le pidiera hacerlo de nuevo?

Entonces prestaría más atención.

La miré de reojo. Pero ella tenía sus ojos clavados en la pantalla.

Hum... No tenía ni idea de lo que había que hacer en semejante situación, así que decidí no apartar la mirada de la película hasta el final.

Pero incluso así me costaba concentrarme, porque por mi mente no dejaban de pasar imágenes en las que alguien se inclinaba sobre el héroe y le besaba. Y sin orden ni concierto, porque a veces se trataba de miembros de la banda de los asesinos, a veces de detectives y policías y, finalmente, incluso de tiburones. Estaba terriblemente afectado: un beso y ya había perdido la razón. ¡Vaya, hombre!

Cuando salimos, me puse a caminar, aturdido, junto a Kim. Ella me cogió de la mano. Pero ¡qué vergüenza!

—Eh, ¿no son ésos tus amigos? —me preguntó Kim dándome un codazo y señalando a Kai y Felix, que salían de la otra sala.

¡Por fin, allí estaban! Fui corriendo hacia ellos, y Kim vino detrás de mí. No me pareció buena idea, quería hablar con ellos a solas.

—Oye, Kim, ¿por qué no te esperas un momento aquí? Ahora mismo vuelvo.

Kai y Felix esbozaron una sonrisa.

—¿Dónde os habíais metido?
—En el cine, ¿y vosotros?
—También, ¿tú qué crees?
—¿Nos habéis visto llegar?
—No —dijo Felix.

Bien, me tranquilicé.

—Hemos visto *El amor es algo maravilloso* —exclamó Kai con entusiasmo, y a continuación puso cara de confusión.

—¿Qué? ¿Por qué habéis visto una peli de amor?

—Pues porque creíamos que tú y Kim estaríais allí —explicó Felix.

—¿Yo ver pelis de amor? ¡Ni hablar! —dije indignado.

—No era tan mala —dijo Kai.

—Konny, ¿vienes? —dijo Kim.

De repente, volvía a tenerla a mi lado, y me cogió de nuevo de la mano.

¡Oh, no!

Kai se quedó mirándonos asombrado.

—Bueno, ¡hasta luego! —exclamé intentando despedirme de mis amigos con aire desenvuelto. Por suerte, no llegué a oír el comentario de Felix.

Kim me había llevado consigo y dijo contenta:

—¿Vamos a comer un helado?

—Todo lo que quieras —le dije, sumiso, y ya no volví a sentirme como James Bond. Con ese beso, Kim me había desconcertado por completo. Y sentía la mano que Kim tenía cogida entumecida, como si no le gustara en absoluto lo que estaba pasando.

¿Dónde demonios me había metido?

¡¿Será posible volver a anularlo todo?!

Capítulo veintiuno, en el que Sanny debe cortar con Kim

Por la tarde, Konny vino a mi habitación.

—Tienes que ayudarme —suspiró dejándose caer encima de mi cama.

—¿Tienes problemas de cálculo?

—¡No! ¡Problemas de amor! Se trata de Kim.

Parecía un pelín desesperado, por lo que reprimí cualquier tipo de comentario. Además, tras los acontecimientos recientemente vividos me había vuelto bastante más inteligente. Ya tenía experiencia.

—Escucha, el amor no se puede forzar —empecé— y, para serte sincera, todavía no se sabe si el asunto del amor no es más que una gran estrategia publicitaria que sirve para...

—Oh, no, Sanny. No me vengas otra vez con esta teoría. ¡Tengo un problema de verdad! —se lamentó Konny.

Estaba un poco ofendida.

—¿Sabes qué? En realidad no quiero saber por qué quieres hablar precisamente conmigo. Si a Kim no le molas, probablemente será por tus dichosas frasecitas cursis. ¡No hay chica en el mundo que se deje engañar de esta manera! Olvídate de Kim, pon los pies en el suelo y vuelve a empezar.

Era el consejo más amable que podía darle.

—¡Es demasiado tarde! —gimió Konny—. ¡Kim me ha besado!

—¿Quéee?

Konny asintió, apesadumbrado.

—¿Me estás tomando el pelo? —le pregunté desconfiada.

—No, Sanny, de verdad. Fuimos juntos al cine....

—Ya lo sé. Se lo fuiste contando detalladamente a todo quisqui, aunque no quisiese saberlo —le solté.

—Déjame hablar primero. Bueno, o sea, hemos ido al cine y, en mitad de la película, se me acerca y me da un beso.

—¿Y?

—Ha sido bastante estúpido, porque por culpa de eso me he perdido el momento decisivo de la película, justo cuando el tipo sale volando con el coche porque...

—No me cuentes la película. ¿Y qué tal?

—Emocionante. Una peli de acción.

—¡El beso, tonto de las narices!

—Eh, bueno, sinceramente, estaba tan sorprendido que ni siquiera me enteré del todo. Y cuando me di cuenta de lo que Kim estaba haciendo, ya era demasiado tarde.

Suspiré hondo y me dejé caer en un sillón. Había tenido la oportunidad de saber de primera mano qué tal era eso de besar y este burro no había prestado atención.

En un tono un poco frío dije:

—Bien, todo arreglado. Has conseguido lo que querías. ¡Felicidades! ¿Y ahora vienes a contármelo para demostrarme que soy una fracasada?

Konny se inclinó y me miró.

—Claro que no. Acaba de llamar Kim porque quiere ir al parque esta tarde.

—¿Y qué tiene que ver esto conmigo?

—Hombre, eres la experta en no enamorarse y me gustaría que me dieras un par de consejos.

—No puedo darte ningún consejo —gemí.

—Vamos, Sanny, dime lo que tengo que hacer. Ayúdame a solucionar mi problema —suplicó Konny.

—¿Y dónde está tu problema? Hasta ahora no he visto ninguno —le bufé.

—Lo tendré mañana en el patio del insti. Kim me ha dicho que, como salimos, a partir de ahora vendrá a verme en cada descanso. Y yo sé lo que significa eso: ¡hacer manitas, y puede que incluso también intente darme otro beso!

—¿Y?

—¡En medio del patio! —chilló.

Lo miré con cara de incomprensión.

—Sanny, es megavergonzoso estar dándose un beso o haciendo manitas en el patio.

Estaba confusa.

—¡Pero si es lo que siempre has querido!

Konny asintió.

—Tienes razón, pero ahora me he dado cuenta de que no lo quiero.

—Pero ¿estás enamorado de Kim?

—¡Claro que sí! —se apresuró a responder.

—Pues no lo parece.

—¡Y tú qué sabes! —dijo Konny enojado.

Suspiré.

—Parece mentira —empecé a decirle—. Llevamos semanas aguantando la misma canción de que si Kim por aquí, de que si Kim por allá y ahora, una vez «conquistada», ya no te interesa.

—No es que ya no me interese, es que... no sé. Creí que sí que quería, pero parece que no.

Moví la cabeza en señal de desaprobación.

—No me lo puedo creer: sólo querías conquistarla. Pero no soportas que esté enamorada de ti.

—Me lo había imaginado de otra manera. Quiero decir, en realidad debería sentirme genial, sentirme como en el séptimo cielo o qué sé yo. Pero ¡sólo me siento mal! —se lamentó.

Me levanté y le miré fríamente.

—¿Tienes algún otro problema que la experta en asuntos de no enamorarse pueda resolver?

Konny asintió con ímpetu.

—Sí. Kim ahora cree que salimos juntos.

Pausa.

—¿Sí? —pregunté con impaciencia.

—Eh... Quería preguntarte si puedes cortar con ella en mi lugar.

—¡Pero qué dices!

—Bueno, de mujer a mujer seguro que es más fácil.

Estaba indignada.

—¡Cobarde! ¡Eres un cobarde descerebrado! Si no te atreves, ¿por qué no se lo preguntas a uno de tus mosqueteros, a ver si te puede sacar del apuro?

—¿Musculeros?

—¡Mosqueteros, estúpido! Athos, Porthos, Aramis...

—Vale, vale, ya está bien, ya sé: *Los tres mosqueteros*. Uno para todos, todos para uno. No sabía que últimamente leyeses libros.

—Pero ¿tú de qué vas? Yo siempre he...

—¡Está bien, no te enfades! —exclamó Konny levantándose.

Fui corriendo a la puerta para no dejarle salir.

—¿Y Kai y Felix qué dicen?

Konny se encogió de hombros.

—Alucinan.

—Pero es lo que querías.

—Sí, pero no quiero salir con Kim.

—Y no les quieres decir que te habías equivocado, que no estabas enamorado, ¿verdad?

Konny se encogió de hombros.

Moví la cabeza con desprecio y le dejé marchar. Cuando llegó a la puerta, se detuvo.

—Oye, Sanny, ¿hiciste aquella lista?

—Sí.

—Eh... me... ¿Podrías prestármela? Quizás alguna de tus razones le sirva a Kim para dejar de estar enamorada de mí.

—Pufff. ¡Primero te burlas de mí y luego quieres que la lista te salve! No, querido. Búscate tus propias razones.

Konny se marchó.

—¿Sabes lo que significa esto? —grité tras él.

Me miró con ojos como platos.

—¿Qué?

Yo triunfaba.

—Que tampoco has estado nunca enamorado. Sólo pensabas que lo estabas. ¡Pero no! ¡Bienvenido al club!

De repente, me sentí mucho mejor.

Capítulo veintidós, en el que **Konny** se pasa el recreo en los lavabos

Cuando paseaba con Kim por el parque todavía seguía conmocionado. La afirmación de Sanny de que nunca había estado enamorado me había tocado la moral. Hace años que estoy enamorado. ¡Es lo que pasa cuando abordas a las chicas y te ocupas de ellas! ¡¿O no?! Si todo eso no era verdad, podría volver a empezar de nuevo. ¡Maldita sea! ¡Claro que estaba enamorado! ¡¿Por qué si no estaría paseando por el jardín botánico cogidito de la mano de Kim?!

No obstante, pensé que, como buen enamorado, debería sentirme un poco mejor. Debo decir que mi problema cardiaco parecía haberse esfumado por completo, y no tenía ninguna queja al respecto, pero no me sentía bien del todo.

No paré de pensar en ello y llegué a la conclusión de que era por culpa de Kim.

—¿Estamos yendo a un sitio en concreto? —quise saber.

Kim estaba radiante.

—No, daremos algunas vueltas por ahí.

Nunca había dado vueltas por ahí, sin más.

—Es genial, ¿verdad? —preguntó Kim arrimándose cariñosamente a mí.

—Por cierto, ¿te gusta ir de pesca?

—Pero ¿a quién se le ocurre? No me digas que quieres que vaya a pescar contigo.

—¿Vendrías?

—¡Jamás! ¡Qué asco! Matar a unos pobres peces indefensos.

—Pero por eso es tan divertido —dije esbozando una sonrisa.

Kim se alejó un poquito.

—¡Coges una piedra y le golpeas la cabeza al pez! —le expliqué.

Kim me soltó la mano.

—Una vez pesqué un lucio gigantesco y enseguida tuve que...

Kim se tapó los oídos y gritó:

—¡Para!

Me alegré de que me hiciera callar porque eso tampoco era lo mío. «Barritas de pescado», eso lo dice todo.

Kim volvió a cogerme de la mano. Seguimos en silencio. De repente, volví a sentirme de buen humor: vi a Kai. A mi amigo. Pero ¿qué hacía a estas horas en el parque? Kai estaba con una chica. Tenían un pequeño perro y ambos sujetaban la correa. Pero ¿por qué? Me fui corriendo hacia ellos.

—Hola, Kai, ¿qué tal?

—Hola, Konny —dijo Kai en respuesta a mi saludo—. Estamos paseando a *Clementine*.

—¿Paseamos un rato juntos?

—No, queremos estar solos —dijo la chica de Kai—. A *Clementine* no le gustan los desconocidos.

—Tonterías. Vamos a tomarnos un helado o algo así —propuse.

—No —dijo la chica negando con la cabeza.

—Hombre, Kai, ¡di algo!

Kai se encogió de hombros y dijo a modo de excusa:

—Es por *Clementine*...

—Exacto —asintió la chica y, mirando a Kai con ojos de enamorada, añadió—: Sólo le gusta Kai. Es un amante de los perros.

Kai asintió orgulloso y se marchó con el perro y la chica.

—¡Inútil! —gruñí.

Kim me miró.

—Oye, ¿no será que te aburres conmigo?

Ése era un buen comienzo. Con un poco de habilidad, podría llevar la conversación a nuestra relación y explicarle que preferiría no salir con ella.

—No, en absoluto —me oí decir.

—Pero lo parece —insistió Kim.

Vale, ahora se lo diría.

—Qué va. Te equivocas.

¿Qué me estaba pasando?

—¿Qué te pasa? —Kim no daba el brazo a torcer.

De repente, me sentí terriblemente cansado.

—Kim, tengo que irme a casa urgentemente. Nos veremos mañana en el insti, ¿vale?

No aguardé su respuesta y salí corriendo.

Antes de la primera clase, me escondí en los lavabos de los chicos: aquél era el único sitio donde Kim no podía dar conmigo. Era indignante. Pero cuando entendí que tendría que pasarme el resto de mi vida escolar allí dentro, decidí «instalar» una especie de despacho. Estaba seguro de poder acostumbrarme.

De vez en cuando espiaba por la puerta que daba al pasillo y, cuando vi pasar a Kai y Felix, los hice entrar al váter-despacho.

Primero miré a Felix seriamente y le comuniqué:

—¡Kai tiene novia!

Kai me miró y exclamó:

—¿Yo?

—Hombre, la chica de ayer, con la que te paseabas por allí.

—Ah, te refieres a Marie. Voy a pasear con ella por lo de *Clementine*. Todas las tardes. No creo que sea mi novia.

—No te equivoques, chico. Sé de lo que hablo: salís juntos. Se ve a la legua.

Kai estaba radiante.

—¿En serio? ¡Pufff! ¡Ni siquiera me había dado cuenta! ¡Qué guay!

Muy serios, Felix y yo intercambiamos miradas.

Kai estaba entusiasmado.

—*Clementine* es tan mona. Me encanta.

—Creía que se llama Marie.

—¡Me refiero a la perra!

Felix suspiró y se dirigió a mí.

—¿Va todo bien con Kim?

—Todo bien —aseguré asintiendo con la cabeza.

Consideré brevemente si debía ponerles al corriente de mi dilema, pero ambos me admiraban por haber conquistado finalmente a Kim, y quería disfrutar de su reconocimiento por lo menos un par de días más. Así que me callé.

—¿Y qué haces encerrado en el lavabo en lugar de estar haciendo manitas?

¡Felix está realmente como una cabra!

—¡En el descanso puedo hacer lo que me dé la gana!

—Y quieres estar aquí en el retrete. Claro. Lo entiendo.

—Pues sí.

Para dar más credibilidad a mis palabras entré en una cabina y cerré la puerta de golpe.

El segundo descanso también lo pasé en el lavabo. Kai y Felix se negaron a venir conmigo al «despacho». Así que me fui solo. El ambiente no era precisamente agradable.

No podía seguir así.

Cuando volví a casa, mi padre estaba de rodillas en el jardín, delante de casa, colocando piedras entre las flores. Arrodillado a su lado estaba Kornelius, que volvía a sacarlas una por una.

Miré a mi alrededor. ¡El pánico me invadió! Ludmilla estaba a punto de llegar.

—Hola, papá. ¿Qué haces?

—Hola, Konny, con estas piedras nos ahorramos arrancar las malas hierbas. Sólo dejaré las flores. Todo lo demás lo cubriré, así las malas hierbas no tendrán por dónde salir.

Estaba clarísimo, otra manera de economizar trabajo.

Me limité a asentir. Me habría gustado fingir que era una idea muy buena, pero estaba demasiado nervioso.

—Oye, el pequeño y yo ya hemos comido. Por favor, preparaos algo vosotros mismos; quiero terminar rápidamente con esto —dijo mi padre sin levantar la cabeza.

—¡Claro, con mucho gusto! —dije encantado.

Mi padre estaba desconcertado.

—¿Estás bien?

Asentí. Me agaché y le alcancé una piedra. Fue para despistarle, para que volviera a dedicarse a la eliminación de las malas hierbas.

Justo a tiempo, porque en ese momento entraba Ludmilla por la puerta del jardín. Nos vio y se puso en jarras. Enseguida tuve supermala conciencia. Bajé la cabeza al instante por si acaso. Ahora estallaría la bomba.

Ludmilla clavó los ojos en *Karl*, que estaba cavando un agujero en el césped, y soltó un silbido estridente. El perro se estremeció y dejó de cavar. Otro silbido agudo y se marchó al rincón que Ludmilla le había señalado. No podía creerlo. Kornelius dejó de coger las piedras y se fue corriendo detrás de *Karl*.

Ludmilla asintió contenta y se fue en dirección a mi padre. De acuerdo. Había llegado la hora de la verdad. Fui corriendo hacia la puerta de la casa. Más me valía poner un poco de distancia entre nosotros cuando mi padre explotara.

Ludmilla miró por encima del hombro de mi

padre, movió la cabeza en señal de desaprobación y se fue hacia la puerta de la casa.

Mi padre ni siquiera levantó la cabeza.

Al pasar por mi lado, Ludmilla seguía negando con la cabeza.

—¡Jardineros, cabezas huecas!

Estaba totalmente desconcertado. ¿Qué había pasado? Estaba esperando que todo ese engaño se fuera a pique y que me tocara arresto domiciliario para el resto de mi vida, pero nada de eso sucedió. Ludmilla llegó, insultó a mi padre con cuatro palabras porque pensaba que era el jardinero, se marchó a la cocina y empezó a cocinar.

Durante la comida mi padre no se dejó ver el pelo.

Cuando Ludmilla ya había puesto orden en la cocina y se disponía a fregar, mi madre entró por la puerta hecha una furia.

Llevaba a remolque a Kornelius y *Karl*. Kornelius comía un helado, encantado. Mi padre la siguió con cara de mala conciencia.

—¡Si no lo veo no lo creo! —nos increpó enseguida—. La señora Flohmüller me ha llamado al despacho pidiéndome que recogiese al pequeño y al perro: habían cavado un agujero en su jardín.

—¿Kornelius? —pregunté.

Mi madre hizo caso omiso.

Kornelius estaba indignado.

—*Puschel* no ha hecho ningún agujero. ¡Está haciendo un túnel!

Mi madre le miró de reojo. Mientras, el helado iba goteando. *Karl* se lo comió. Mamá suspiró hondo, besó a Kornelius en la frente y le mandó a su habitación.

—Dentro de cinco minutos quiero ver a todos los miembros de esta familia en la sala.

Cogió el teléfono y le dijo a no sé quién algo así como «por desgracia, un poco más tarde... Una emergencia familiar».

Miré a mi padre, inseguro, pero no podía esperar de él que me cubriera las espaldas. Simplemente dijo:

—No me había enterado de que el pequeño se había escapado otra vez.

Mi padre, Sanny y yo estábamos sentados en la sala mientras mi madre iba de un lado para otro, al parecer buscando la fórmula adecuada para empezar.

—De acuerdo. No voy a enfadarme.

Eso parecía una buena noticia, pero, conociendo a mi madre, sabíamos que sólo se trataba de una falsa promesa.

—Aquí, en esta casa, hay tres personas medianamente inteligentes. Entonces, ¿por qué me he encontrado a Kornelius en la casa de al lado? ¿Acaso no sois capaces de retenerle en casa? Al fin y al cabo yo lo he conseguido durante cinco años. Y cada vez que os pedía que os ocupaseis del pequeño, me tocaba bajarle de los árboles o de no sé dónde. Desde que ya no estoy aquí, me había propuesto ignorar la situación dominante en casa. Pero poco a poco me supera. ¡Es un caos permanente! ¿Por qué no hacéis nada?

Y entonces pasó: Ludmilla entró con la aspiradora a la sala de estar.

Dejé de respirar. Se hizo un silencio total. Todos nos quedamos mirando a Ludmilla.

—¡Mira qué bien! ¡Has contratado a una mujer de limpieza! —dijo mi madre dirigiéndose a mi padre. Parecía muy enfadada.

Mi padre negó con la cabeza.

—¡Claro que no! Es la profesora de ruso de Sanny y Konny.

—¡No me digas! ¿Y está enseñándole ruso a nuestra aspiradora?

—No, mujer, los que estudian ruso son Sanny y Konny.

—¡Ah! ¡O sea, Sanny y Konny! —exclamó volviéndose hacia nosotros dos dedicándonos una sonrisa. Demasiado afectuosa para mi gusto—. ¡¿Queréis enseñarme un poco el arte de hablar ruso o preferiríais decirme enseguida la verdad?!

La sonrisa se esfumó.

Sanny me miró con gesto de invitación y dijo en voz baja:

—Venga, fue idea tuya.

Respiré hondo.

—Todo es muy sencillo. Papá no se aclaraba en absoluto, era un caos total. Y encima nos obligó a ayudar en casa. Le preguntamos si podíamos emplear a alguien para hacer todo esto, la comida, la ropa y así, pero no quiso. Y, claro, entonces hemos empleado a Ludmilla en secreto.

Mi madre nos miraba con interés.

—¿Y con qué dinero la pagáis?

—¡Clases particulares!

Lanzó una mirada de aprobación.

—Vaya, vaya, dais clases particulares y ganáis dinero. ¡Merecéis todos mis respetos!

Hice una mueca.

—Nos dan clases a nosotros —susurré.

Las cejas de mi madre subieron de golpe. Caray, ¿por qué tenía que enterarse siempre de todo? Era muy molesto.

—Y él lo paga todo, ¿verdad? —dijo señalando a mi padre.

Asentí avergonzado. De repente no me sentí nada bien en mi piel.

Confuso, mi padre nos miró alternativamente, primero a mí y luego a Sanny.

Mi madre se partió de risa. Se tronchaba.

—Los niños han empleado en secreto a alguien que hace tu trabajo. Pero ¡qué divertido! Y tú estás aquí y ni te enteras. Al contrario, encima lo pagas todo. ¡Es genial!

No hubo manera de que se calmara. Mi padre fue entendiendo poco a poco lo que había pasado y se puso hecho una furia.

—¡Seguro que ahora preferís estar a solas! —me apresuré a decir, y Sanny y yo huimos de la habitación.

Mientras subíamos la escalera, aún oímos la risa de nuestra madre. La verdad es que era un poco inquietante. ¿Serían las primeras señales de un ataque de nervios?

Capítulo veintitrés, en el que *Pixi* y *Dixi* sorprenden a Sanny

Cuando mi madre entró en mi habitación, dije enseguida y por si acaso:

—Lo siento, mamá.

Pero mi madre negó con la cabeza.

—No tengas miedo. No habrá ningún sermón. Habéis encontrado una solución interesante.

Sonreía satisfecha. Yo estaba confusa.

—¿De verdad que no estás enfadada? —pregunté extrañada.

—No —respondió, y se acomodó en mi sillón. Al parecer íbamos a tener una conversación un poco larga—. El que sí está enfadado es tu padre —dijo con una sonrisa—. Y con razón. Eso traerá cola. Pero no será asunto mío.

—¿Y ahora qué? Vuelves a quedarte en casa?

—¡Ni hablar! —exclamó indignada—. Me lo paso bomba en el despacho; paseándome por las obras y manteniendo ocupado al personal.

Lo último me lo creí enseguida.

—¿Y qué pasará ahora?

—Acabo de emplear a Ludmilla oficialmente. ¡Ahora tenemos una asistenta!

—¿Y papá?

—Está de mala uva.

—Me lo imagino. Pero ¿qué dice de lo de Ludmilla?

—Está de morros. Pero de momento está de acuerdo con que venga. —Mi madre dejo escapar un suspiro y añadió—: Es una lástima que no quiera reconocer que encargarse de la casa y los hijos es pesado.

Asentí. Todo esto no sonaba mal en absoluto.

Mi madre se inclinó un poco hacia mí.

—Pero ahora cuéntame. ¿Cómo va tu vida amorosa? Últimamente te tengo un poco abandonada.

—¡Mamá! —exclamé indignada. Por nada del mundo hablaría de mi vida amorosa con ella.

Cómo no dije nada, ella misma contestó a su pregunta.

—¿Todavía no te has enamorado?

La conversación tenía que acabarse lo más rápido posible.

—Lo del enamoramiento se sobrevalora. Hay mil razones para no enamorarse. Ya no es un tema para mí.

Mi madre levantó las cejas y preguntó:

—Por lo tanto, ¿aún no has encontrado al chico adecuado?

—¡Mamá! No lo entiendes. No quiero. ¡No quiero enamorarme!

¿Cuántas veces y cuán clara e inteligiblemente tenía que decírselo?

Se levantó sonriendo.

—Entiendo. ¡A ver qué puedo hacer por ti!

Con estas palabras salió de mi habitación. Indignada, me levanté de golpe y grité:

—¡No te atrevas!

A veces, a los padres hay que hablarles con dureza.

Cerré la puerta de golpe: quería que mi madre supiera que hablaba muy en serio, pero el portazo le sirvió de señal a mi hermano, que se presentó poco después en mi habitación.

—¿Te has llevado una bronca? —preguntó.

—No. ¿Y tú?

Konny negó con la cabeza.

—Todavía no. La estoy esperando.

—Parece que mamá está bastante tranquila —le comuniqué.

—¡Tampoco hicimos nada grave!

—Ojalá papá piense lo mismo.

—¡Cómo no! —dijo haciendo un gesto negativo con la mano.

—Por cierto, ¿qué tal con Kim? ¿Ya se lo has dicho?

Konny parecía muy avergonzado y no dijo nada.

Entorné los ojos.

—¡Eres muy cobarde!

—¡Oye, Sanny, que no es tan fácil!

Estaba a punto de sentir compasión por él cuando añadió:

—Además, tú no puedes opinar. No has estado nunca en una situación así. Ni siquiera te has enamorado nunca.

—Y tú tampoco. Eres un presumido. Y ahora, ¡fuera de mi habitación! —le grité enojada. Konny se largó.

El siguiente que vino a verme fue mi padre. En mi habitación había más trajín que en una estación de trenes. Papá parecía de muy mal humor. Tuve un montón de remordimientos.

Cruzó los brazos, se apoyó en la pared y me miró. Me sentí extremadamente mal. Conseguí articular un tímido:

—Lo siento, papá.

Mi padre asintió con frialdad y dijo:

—Más te vale. Habéis abusado de mi confianza y habéis recurrido a la mentira para timarme.

Asentí y murmuré otra vez:

—Lo siento.

—No es suficiente —dijo.

—¿Lo siento mucho?

Entonces se enfadó de verdad.

—Déjate de tonterías. ¡Estoy hablando muy en serio!

Le miré con ojos como platos.

—Sí, pero ¿qué quieres que haga? ¡Ya pasó y no puedo hacer otra cosa que disculparme!

Estaba ligeramente indignada.

—Bueno, para empezar quiero que me devolváis el dinero que os di para las supuestas clases particulares.

—Si hubiéramos tenido ese dinero no nos habríamos inventado lo de las clases particulares —le informé.

No se alegraba en absoluto.

—¿No se te ha ocurrido que puedo ir descontándolo de vuestra paga semanal?

Le miré con ojos como platos. Vaya idea más extraña, pero no tenía ganas de discutir la cuestión. Mi padre no parecía muy dispuesto a cooperar.

—De acuerdo. Te devolveré la mitad de tu dinero.

—No. Toda la suma.

—¿Qué? ¿Y Konny? También tiene...

—No te pongas así. También me devolverá toda la suma. Luego hablaré con él.

—¡Pero esto es muy injusto! —exclamé—. Entonces tendrás el doble de dinero de lo que nos habías dado.

Mi padre se encogió de hombros.

—La vida es injusta, Sanny.

¡Qué profundo! ¡Nunca se me habría ocurrido a mí sola! Le di la espalda. Mi padre se marchó.

Suspiré hondo y me dejé caer sobre la cama.

En resumen: me quedaba sin paga en las próximas semanas.

Me levanté y me acerqué a la pecera. Ni rastro de los peces. *Pixi* y *Dixi* tenían que contestar a mi pregunta por última vez. Les di comida. Nada.

Pero ¿qué quería saber? ¿Rob? No. Ya no me interesaba. ¿Otro chico, quizás? ¿Acaso debería descansar durante una semana e intentarlo de nuevo? ¿O mejor durante un año? Mientras reflexionaba se me ocurrió la pregunta definitiva: ¿iba a enamorarme alguna vez? Clavé los ojos en el acuario.

De repente, aparecieron treinta peces y devoraron la comida como locos.

¿Treinta?

¿Por qué treinta?

¡Dos grandes y veintiocho pequeños!

Pero ¿qué había pasado?

Pixi y *Dixi* habían criado.

Pero ¿qué significaba eso?

Los treinta peces gritaron al unísono: «¡Sí te enamorarás!»

Capítulo veinticuatro, en el que **Konny** cae en desgracia con Kim

—Entonces ¿qué? ¿Alguna propuesta para poder cortar con Kim? —les pregunté a Kai y Felix en el descanso después de haberles explicado mi dilema.

—Yo no tengo ni idea —admitió Kai con sinceridad—. Pero ¿qué tal si le dijeras simplemente que quieres cortar?

Respiré hondo.

—¡No, imposible! No sé hacerlo. Oye, Felix, ¿no podrías encargarte tú del asunto?

Le miré con aire expectante.

—¡No te entiendo! —dijo echando humo—. ¡Pero bueno! ¡¿Tú de qué vas?! Estamos semanas aguantando tu llorera por lo de Kim y ahora que por fin la has conquistado no se te ocurre nada más que cortar enseguida.

—Pero si él no quiere cortar —puntualizó Kai—. ¡Eres tú quien debes hacerlo en su lugar!

—¡Esto es el colmo! ¡Ni lo sueñes! —exclamó Felix indignado.

—Vamos, piénsalo bien —empecé a decirle—. Si cortas tú por mí, cuando ella empiece a llorar, podrás consolarla y hacerte amigo suyo. ¡Sería perfecto!

Era un plan genial.

A Kai también se lo pareció.

—Super —asintió con reverencia—. Felix entonces también tendrías novia. Entonces todos tendríamos novia.

—Ni hablar —dijo Felix con aire terco.

—Ah, no —rectificó Kai—. Si Kim es la novia de Felix, Konny ya no tendrá novia.

—Tampoco me interesa —aseguré.

—Si quieres, puedo cortar por ti —dijo entonces Kai—. ¿Sabes si Kim tiene perro?

—¿Por qué no se lo preguntas tú mismo? —dijo Felix al tiempo que le daba un codazo a Kai—. Mira, allí viene.

Efectivamente, Kim venía hacia nosotros con aire alegre. Saludó con la mano. Kai tenía la mirada triste.

—¿De verdad tienes que cortar con ella? ¡Hacéis tan buena pareja!

—¿Y eso por qué, si se puede saber?

—Por lo menos se llama Kim.

—¿Y?

—¡Kim! ¡Konny y Kim! ¡Según el punto de vista puramente «Kornblum» sois la pareja ideal!

Reflexioné. Kai tenía razón.

Pero, cuando Kim quiso saludarme con un beso, rechacé la idea enseguida. Kornblum por allí, Kornblum por allá. Algo tenía que pasar.

Pero los dos tontos de las narices ya se habían marchado.

—Pero ¿qué haces aquí detrás de los contenedores de basura? En los descansos siempre te busco, pero no te veo en ninguna parte.

—Oh, es que... Es que yo también te estaba buscando.

—Bueno, venga, vamos a juntarnos con los demás.

Intentó sacarme de allí, pero me obstiné en quedarme en mi sitio.

—¿Qué pasa? —preguntó Kim.

—Eh, nada.

—¿Sabes?, si no estuviera convencida de lo contrario, diría que desde que salimos juntos has perdido todo interés por mí.

Me quedé mirándole fijamente y respondí:

—En absoluto, no es verdad.

—¡Pero eres muy raro!

—Eh, es por... por lo de...

Entonces tuve una idea genial.

—¡... por lo de la lista! Sí, eso es.

Ahora estaba en mi salsa.

—Mira, hay una lista con mil razones por las que uno no debería enamorarse. Kim, no veas el error que hemos cometido. ¡Si supieras todo lo que tiene en contra! Francamente. Es una pasada.

Kim me miró como si no entendiera nada en absoluto.

—Bueno, no quiero asustarte, de verdad —proseguí—, pero hay razones de salud por las que no deberías enamorarte —le expliqué con voz de ultratumba.

Kim se apartó un poco.

—Quiero decir, si insistes, podemos seguir saliendo juntos, pero te lo digo porque sólo estoy pensando en ti, en tu bien. ¡Y estaría dispuesto a sacrificarme y aceptar la separación!

Kim dio un paso atrás. Respiró hondo y me gritó:

—¡Eres el parlanchín más descerebrado, tonto y vil que jamás ha pisado tierra! ¿Cómo he podido caer en la trampa? ¡Imbécil! ¡No vuelvas a dirigirme la palabra nunca más!

Se dio la vuelta y siguió echando pestes.

—¡Una lista! ¡Pufff! ¡Mil razones por las que no deberías enamorarte! ¡Pfff!

Solté un respiro de alivio. Había salido bien. Bueno, aún podía mejorar un poco el estilo, pero, para ser la primera vez que cortaba, no estaba nada mal. El numerito de la lista era realmente muy bueno. Debería tenerlo más en cuenta. Y Felix y Kai también deberían apuntarse. Podríamos fundar una asociación o algo semejante.

¡Vaya con Sanny! ¿Quién hubiera pensado que iba a tener razón?

Me sentí superbien.

¿Y por qué? Porque no estoy enamorado. Ya ves, otra razón.

Necesitaba urgentemente la lista.

Capítulo veinticinco, en el que Sanny busca a un perro pero encuentra otra cosa

Mi padre se pasó la tarde dando vueltas por la casa como un tigre enjaulado. Mientras Ludmilla trabajaba, él la miraba malhumorado por encima de su hombro, y, farfullando breves comentarios insultantes, sacaba también el polvo como si de un concurso se tratara, ponía orden y hacía exactamente lo mismo que ella.

Me percaté de que a Ludmilla la sacaba de quicio. Si no éramos capaces de frenar a mi padre, la perderíamos.

—Konny quiere ir contigo al parque —le dije a mi padre arrebatándole el plumero de las manos.

—Ya es mayor, puede ir solito —murmuró mi padre nada complaciente.

De acuerdo, me había malentendido. El problema de los dos Konnys. Señalé a Kornelius y aclaré:

—Me refiero al pequeño.

Mi padre miró a Kornelius con una expresión radiante en el rostro, le guiñó el ojo y dijo:

—Ah, te refieres a mi Konny preferido.

Kornelius asintió alegre.

—Y si me gusta estar contigo, te llamaré también *Puschel* —dijo mi hermano.

Mi padre no pudo contener la risa.

—Pues, si es así, vamos.

—¡*Puschel* también viene! —decidió Konny.

—¡Claro que sí! ¡No iría nunca a pasear sin tu perro!

Kornelius abrazó a mi padre fuertemente y dijo:

—Creo que te llamaré Puschel ahora.

Llamarte Puschel era la distinción más grande que podía conceder Kornelius.

Los dos se marcharon.

Cuando volvieron, Ludmilla ya había terminado su trabajo. Mi padre llevaba al pequeño sobre el hombro.

Antes de que me diera tiempo a saludarles, dijo:

—¡Chist! El pequeño duerme.

Se fue a la sala de estar y, tras dejarlo en el sofá, se quedó contemplándole cariñosamente.

—Hemos jugado al fútbol, hemos ido a comer un helado, y luego se ha quedado dormido en el banco. Nos hemos divertido mucho. También con *Karl* —comentó feliz—. Te aseguro que este trabajo de amo de casa es el mejor trabajo que he tenido jamás.

Suspiré.

—Por cierto, ¿dónde está el perro?

—¿Qué perro?

—Pues... pues nuestro perro. El que vive aquí.

De repente, mi padre me miró con cara de espanto.

—Dios mío, me lo he olvidado en el parque.

—¿Que te has olvidado al perro? Pero ¿cómo? —le bufé.

—Bueno, por lo menos he vuelto con tu hermano —dijo enojado en su defensa.

—El pequeño estará loco de rabia cuando se entere —dije mirando a Kornelius.

Mi padre se sentó.

—Hombre, el perro ya encontrará solito el camino a casa. Los perros se rigen por el instinto. Al fin y al cabo, éste es su hogar.

—Nunca en la vida volverá solo.

—¿Qué quieres decir? ¿Acaso insinúas que me toca ir a buscar al perro?

Hum, de hecho quería decir exactamente eso, pero al ver la reacción de mi padre, decidí no decirlo.

—No, es Konny quien tiene que ir buscarlo. Al fin y al cabo, fue él quien lo trajo a casa —dije. Y, por si acaso, añadí—: Konstantin.

—Konny no está. Nos lo hemos encontrado. Tenía una reunión importante con Kai y Felix. Quieren fundar una asociación o algo así.

—¡No piensa más que en las chicas! —exclamé

enojada—. No se ocupa del perro ni por equivocación.

—Vamos, Sanny, sé buena y ve tú a buscar a *Karl* —me rogó mi padre.

Gruñí de mala gana y me encaminé hacia la puerta. Ludmilla también estaba a punto de marcharse.

—¿Marchar jugar? —preguntó.

Negué con la cabeza y dije:

—Nuestro padre ha perdido al perro, y tengo que ir a buscarlo.

—Yo ayudarte —decidió Ludmilla, y me acompañó en dirección al parque.

De repente se detuvo y señaló a un chico que estaba jugando con un perro. Le lanzaba palos, y el perro, obediente, volvía a traérselos.

—No es mi perro.

—Sí —dijo—. Es persona para preguntar dónde perro.

No entendí lo que quería decir.

Se acercó al chico y le dijo:

—Perdón.

El chico se detuvo.

—Buscamos perro. ¿Tú ayudar?

—Claro —respondió—. ¿Cómo es?

Ludmilla me empujó hacia el chico y dijo:

—Chica te dice. Yo no tiempo. Yo marchar.

Y se fue.

Boquiabierta, la seguí con la mirada. No podía creérmelo. Me había dejado plantada en medio del parque al lado de un chico al que ella se había dirigido.

—Así, ¿qué? ¿Cómo es? —volvió a preguntar el chico alegremente—. Descríbelo bien, así no será difícil encontrarle.

Me puse roja. ¡Menuda vergüenza estaba pasando!

—¿El nombre?

—Sanny —tartamudeé—. Bueno, en realidad Kassandra.

El chico se dio la vuelta y gritó:

—¡Sanny!

¡Dios mío, qué horror! Me empezaban a sudar las manos.

—No, no... Quiero decir, o sea, el perro no se llama Sanny. La que me llamo Sanny soy yo —balbuceé, y me puse aún más roja.

El chico se rió.

—¿Y por qué no has contestado «aquí» cuando te he llamado?

—Creí que me habías preguntado por mi nombre.

—Tienes razón. Debería haberlo hecho. Bueno, tú te llamas Sanny, y yo soy Theo. ¿Y cómo se llama tu perro?

—No tengo perro.

—¿Así que no buscamos a ningún perro?

Estaba muy confusa. ¿Qué me estaba pasando?

—No, sí que busco a un perro, pero es de mi hermano.

—Vale y ¿cómo se llama?

—*Konny*. No, *Karl*. No, *Puschel*.

Estaba completamente confusa.

Theo me miró con cara de interrogante.

—Bueno, volvamos al principio: o sea, ¿vosotros tenéis un perro?

Asentí.

—¿Y se ha escapado?

—Sí y no. Mi padre se lo ha dejado olvidado en el parque.

—¡¿Tu padre se ha olvidado el perro?!

Asentí de nuevo.

—Pero por lo menos volvió a casa con mi hermano pequeño —añadí.

—Muy bien. Y ¿cómo se llama el perro?

—En realidad se llama *Karl*, pero mi hermano pequeño decidió bautizarlo con el nombre de *Puschel*. Y mi hermano pequeño se llama Konstantin. Pero desde que el Konny grande trajo al perro a casa y el Konny pequeño lo bautizó con el nombre de *Puschel*, el pequeño quiere que le llamen también Puschel.

Pero ¿qué chorradas estaba diciendo? De repente, tenía la cabeza llena de tonterías. ¡Socorro! ¡¿Qué me estaba pasando?!

—Me imagino que sois una familia muy divertida.

Negué con la cabeza.

—En absoluto.

Entonces se rió a carcajadas. Me invadió un calor rarísimo y empecé a sentirme mareada, de manera que me di la vuelta y me marché.

—Eh, espera. No quería ofenderte. ¿Por qué no vamos a buscar ahora a *Karl-Puschel*? ¡Seguro que entonces te sentirás mejor! ¿De acuerdo?

Clavé los ojos en el suelo y asentí.

A medida que cruzábamos el parque, su perro iba dando brincos a nuestro alrededor.

—Oye —dijo entonces Theo tímidamente—, si quieres que encontremos a tu perro, deberías levantar la vista del suelo de vez en cuando. Porque yo no sé cómo es. Y tampoco sé exactamente cómo hay que llamarle.

Recé para que volviera mi uso de razón y fuera capaz de pensar de nuevo con claridad. Nunca me había comportado de forma tan tonta.

Asentí y, decidida, levanté la cabeza. Por desgracia, se cruzaron nuestras miradas, y me quedé mirándole fijamente. No podía moverme. Por eso me alegré cuando, de repente, algo me saltó encima, me tumbó en el suelo y me lamió la cara. Lo abracé y lo estreché contra el pecho.

—Vaya, ha sido muy fácil —dijo Theo con tono

amable mirándonos desde arriba. Me ayudó a levantarme y me esforcé en no volver a mirarle bajo ningún concepto.

No sabía qué debía hacer, y entonces él tomó una decisión sensata:

—¿Sabes qué? Os acompañaré a los dos a casa.

Asentí, pero no me moví.

—Pero tendrías que indicarme hacia dónde hay que ir —propuso.

—Por allí. —Eso fue todo lo que fui capaz de decir. Señalé vagamente la dirección y esperé por lo menos no andar equivocada. Estaba en el séptimo cielo, y me sonaban los oídos.

Theo no paraba de hablar, pero yo era incapaz de concentrarme.

Al cabo de un rato, ya no recordaba nada de lo que me había dicho. Sólo sabía que me había preguntado si volveríamos a vernos al día siguiente con los perros y si me apetecía que pasase a recogerme.

Al parecer le había dicho que sí, porque, al despedirnos, me dijo: «Hasta mañana.» Entonces volví a despertarme.

Corrí con *Karl* en el jardín delante de la casa, me dejé caer de espaldas en el césped y me quedé mirando el cielo. Pero sólo durante dos minutos, porque, de repente, la cara de Konny se me plantó delante y me preguntó si me sentía bien.

Me senté y le aseguré:

—¡Estoy bien!

—Bueno —dijo. Entonces se inclinó y añadió—: Oye, ahora yo también estoy convencido de tu teoría. Lo del amor es un engaño enorme. Tengo un montón de razones en contra.

—¿Ah, sí? ¿Así, de repente?

Konny asintió con ímpetu.

—Lo hablé con Kai y Felix, pero no me entendieron muy bien. ¿Podrías prestarme tu lista? Es que quiero fundar una asociación.

Me reí a carcajadas.

—Konny, pero ¿qué quieres decir? No tengo ningún problema en dejarte ver mi lista. Incluso te la regalo. Está arriba, en mi habitación, debajo de la almohada. ¡Es tuya, disfrútala!

Konny se levantó, sorprendido.

—¿De verdad que te encuentras bien, Sanny? —me preguntó de nuevo.

—¡Me encuentro muy bien! —dije, contenta.

Konny me miró desconcertado, se retiró y se encaminó hacia la casa. Al llegar a la puerta se volvió y dijo:

—¿Sabes qué? Voy a hacer también una lista: ¡*1.000 razones para no besar*!

Entonces se marchó.

Volví a alisarme la ropa y, cuando estaba a punto de entrar en casa, oí el claxon de un coche. Mi madre regresaba a casa. Bajó corriendo del coche y se me acercó:

—Cariño, arréglate un poco, dentro de un cuarto de hora viene un cliente a casa.

—Pero ¿qué tiene que ver conmigo?

Mi madre sonrió con aire conspirador.

—Vendrá con su hijo. Tiene catorce años.

Me miró ilusionada.

—¿Y qué? —pregunté.

Entonces caí en la cuenta.

—¡Mamá! ¿Cómo has podido? —exclamé.

Pero de repente me di cuenta de que no estaba tan enojada como lo habría estado un par de horas antes. Esbocé una sonrisa.

—Es muy amable por tu parte, pero no hacía falta.

Mi madre me miró estupefacta.

—Pero...

—Mándale a la habitación de Konny. Konny está haciendo una lista y me imagino que agradecerá cualquier tipo de ayuda.

La abracé.

—De todas formas, muchas gracias.

Tenía que hacer una llamada urgente.

Cuando Liz descolgó, grité en el auricular:

—¡Liz! ¡Estoy enamorada!